妹が女騎士学園に入学したら なぜか救国の英雄になりました。ぼくが。4

After my sister enrolling in Girl Knights'School, I become a HERO.

Tsubaki
サムライガール
転校生
これもある意味女騎士……？
ツバキ

こ、この男……!?
マジでやりやがったのだ……!!

これは間違いなくA5ランク……

な、なんですかツバキさん？
なんのランクですか!?

嵐を呼ぶ転校生
ツバキ
銀髪吸血鬼
うにゅ子
ゆうのうメイド
カナデ

相棒（自称）
ユズリハ
女王様
トーコ
正統派妹
スズハ

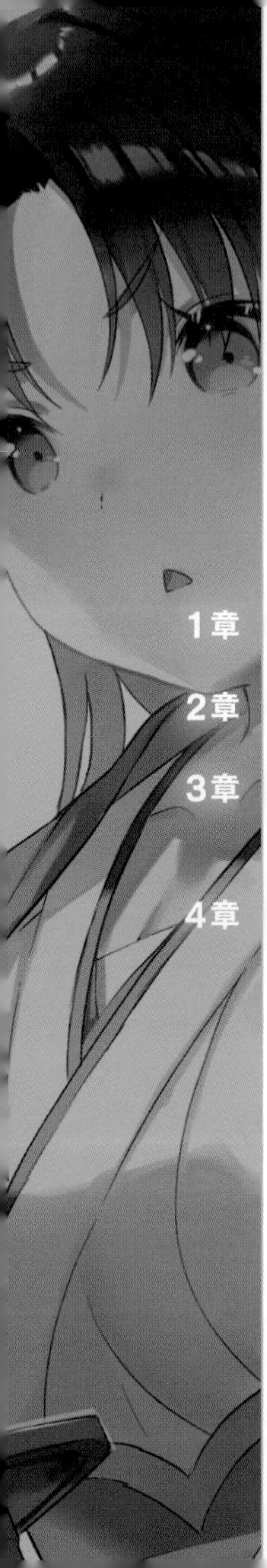

Contents

妹が女騎士学園に入学したら
なぜか救国の英雄になりました
ぼくが。4

After my sister enrolling in
Girl Knights'School, I become a HERO

妹が女騎士学園に入学したらなぜか救国の英雄になりました。ぼくが。4

ラマンおいどん

ファンタジア文庫

3351

口絵・本文イラスト　なたーしゃ

妹が女騎士学園に入学したらなぜか救国の英雄になりました。ぼくが。

僕

After my sister enrolling in Girl Knights'School, I become a HERO.

4

author.
ラマンおいどん
illust. なたーしゃ

1章　辺境伯領の女騎士学園分校

1

吸血鬼との決着もついて、エルフさんたちの移住や後始末もなんとか終わり、ようやく人心地ついた初秋のある日。

久しぶりにローエングリン城へ来た女王のトーコさんが、応接間でお茶請けに出された名産の芋羊羹《ようかん》をぱくつきながら、こんなことを言ってきた。

「あのさ、スズハのことなんだけど」

「はい？」

「はっきり言うと、退学のピンチなの」

「退学……？」

「ど、どどど、どういうことですか⁉」

妹のスズハが悲鳴を上げた。まさに寝耳に水といった慌てぶり。

ぼくも兄として、詳しくお話を伺いたいところだ。

「それがさー、ちょっと厄介な話なんだけどね」

トーコさんが、芋羊羹《ようかん》の最後の一つを口の中に放り込むと。

「順を追って話していくとね。じつは今、王都の最強騎士女学園って、軍旧主流派どもの巣窟《そうくつ》なんだよ」

「……はい？」

軍旧主流派というのは、ぼくも覚えがあった。

ぼくたちをたった四人でオーガの樹海に向かわせたり、ウエンタス公国へ勝ち目の無い侵略戦争を仕掛けた、アレな連中のことである。

横に座っているユズリハさんが眉を顰《ひそ》めて、

「待てトーコ。あいつらは皆《みな》、わたしが粛清したはずだぞ？」

「大半はそうだけど。けれど中には当時、不正や汚職をしたって証拠が出なかったヤツもごく少数だけどいたからね？　そいつらまで処刑してないでしょ？」

「まあそれはそうだが……」

「とはいえ軍中枢が総入れ替えになった結果、バカな連中の居場所が無くなったからさ。そいつらが窓際《まどぎわ》の女騎士学園に流れてったってわけよ」

「……えっとトーコさん、女騎士学園って窓際なんですか？」

「まあねー。ぶっちゃけユズリハのいない女騎士学園なんて、一番の窓際でしょ」

「教育に力を入れないのは、どうかという気もしますけどね……？」

「そりゃそうだけど、軍政とか統合作戦本部みたいな花形と比べちゃうと、どうしてもね。しかも女騎士学園って、いちおうは王立だからさ。名目上は軍の直属機関じゃないのよ。とはいえ王家の裁量なんて、これっぽっちもないけどね！」

「はあ……」

　複雑な事情があるみたいだ。

　聞いたところで藪蛇《やぶへび》だから黙っておくけど。

「ですが、それとスズハにどういう関係が？」

「それなんだけど。スズハとユズリハって、スズハ兄と一緒になって王都からこっちまでくっついて来たじゃない？」

「はい」

「つまり出席日数が足りないわけよ。まあボクとしては、実力的には群を抜いてることが分かってるんだし、レポート提出でいいじゃんって処理しといたんだけど……」

　なるほど話が分かってきた。

「その処遇について、文句を言われたと？」

「そういうこと。スズハはもう王都の女騎士学園に戻ってくる見込みなんて無いんだから、とっとと退学させろって。まあ嫌がらせよねー」

「むう……」

嫌がらせだとしても、それはそれで筋は通っているような。

そんなぼくの考えを見透かしたトーコさんが、

「言っとくけれどスズハ兄。理屈は通ってるだとか考える必要なんて無いんだからね？　出席できない事情があってレポート提出で卒業した生徒なんて、いくらでもいるんだから。ねえユズリハ？」

「え、そうなんですか？」

「トーコの言うとおりだな。生徒は基本的に貴族の娘ばかりだから、一族の事情で休学やレポート提出での卒業などよくある話だ。──しかしトーコ。そんな横やりを払いのける程度の権力は、女騎士学園の理事長にあるんじゃないか？」

「それがさー。女王になってからいろいろ忙しくて、半年前に理事長は辞めたんだよね。さすがにここまで読めなくて」

「そういうことか」

「まあ今回は無理矢理ねじ込んだんだけどね。そしたらボクはもう理事長辞めたんだから、これからはボクの口出しは越権行為だぞって釘《くぎ》を刺されたってわけ。つまりこのままだとなにかの拍子にあいつらが、また持ち出してくる可能性が高い」

なるほど。状況はなんとなく分かった。

つまりスズハが王都に戻らない限り、いつかは退学は免《まぬが》れなさそうだ。

となればまずは、本人の意思を聞いてみよう。

「ねえ、スズハは——」

「たとえ退学になっても、わたしは絶対に兄さんから離れませんから」

「……でもスズハ、あんなに頑張って入学したのに」

「そもそもわたしは、兄さんの役に立ちたいから女騎士学園に入ったのですから」

「そっか」

意思確認終了。

とはいえぼくも辺境伯になっちゃった以上、この領地から離れるのは難しいし——

どうしたものかと悩んでいると。

「そこでボクから、スズハ兄に提案があるわけよ」

「なんでしょう?」

にんまり笑ったトーコさんが、こんなことを言ってきたのだ。

「──スズハ兄の領地にさ、女騎士学園の分校を創ってみない？」

想像もしなかった提案を、ぼくが何度も頭の中で繰り返してから。

「えっと、もう一つ女騎士学園を創るんですか？」

「そう」

「ローエングリン辺境伯領に？」

「そういうこと。でもって、その学校ができたらスズハをさっさと転校させちゃえばさ、軍旧主流派《あのクソアホども》も手出しできなくなるってわけよ」

「でもここって、凄《すご》い辺境ですよ？」

「それって言い換えれば魔物退治なんかもすぐ出掛けられるし、女騎士を鍛えるって点で好都合でもあるからね。国境も近いから、いざという時に従軍もしやすいし」

「なるほど……？」

「それに王都の女騎士学園に巣くう軍旧主流派《あのクソアホども》を苦労して追い出しても、現状のままだとどっか別の部署に根を張るだけだしね。それなら別にまともな学校を建てる方がまだしも苦労が少ないってわけ」

「それ、今いる生徒さん的にはどうなんですか……？」

「あの連中、無能な上に権力争い以外興味ないから実際の教育は講師に任せっきりだし、だから教育内容は昔のまんまなのよね」

「ふむ……」

そういう話ならアリかなと思う。

――それにもともと、ミスリル鉱山で得た利益をどうしようかという話をしていた時に、教育施設を創ろうという話は出ていたのだ。

ならば。

辺境伯領に女騎士学園分校を設立するのは、これ一石二鳥なのではないか。

そして将来的には、辺境伯領を護《まも》る女騎士たちを地元で全員養成できるようになる……なんてできれば理想的だろう。

「分かりました。検討しますよ」

なんて言いつつも、内心かなり乗り気なぼくである。

「うん、よろしくねスズハ兄！」

そう言って、トーコさんが芋羊羹《ようかん》を頬張った結果。

思い切り喉に詰まらせて「んがぐぐ……！」と呻《うめ》いたのだった。

2

うちの辺境伯領の財政について、現状で一番詳しいであろうアヤノさんに相談すると、あっさりとオーケーが出た。

「よろしいかと存じます」

「アヤノさんもそう思う？」

「建設する価値はあるかと」

歴代のローエングリン辺境伯は、教育に熱心だったとは言い難《がた》い。

領都には大学どころか、まともな学校一つ見当たらないのだ。

そんな辺境伯領に女騎士養成機関とはいえ自分で学校を建てる。

しかも自分の妹も通うとなれば、気合いが入るのが当然なわけで。

「そうするとアヤノさん、建設予定地はどうしよう？」

「難しいですね。普通の学校ならばともかく、軍事学校となれば広大な敷地《しきち》が必要です。ですが現状、領都中心部に纏《まと》まった土地を確保することは困難ですし……」

「ならさ、あの山の上なんてどうかな？」

窓から見える山を指して言った。

ローエングリン城は切り立った崖の上に建っていて、窓の外には深い峡谷の向こう側に禿山《はげやま》がいくつも見える。

その中で一番城に近くて一番険しい禿山の山頂に、ぽつんとある建物。

そこはかつて修道院だった場所で、現在は使われず無人となっているとのことだった。

なにしろ不便すぎるからね。

世間とは隔絶した場所に修道院を、って理由であんな険しい山頂に建ったらしいけど、さすがにやり過ぎじゃないかとぼくなんかは思う。

まあそれはそれとして。

ぼくが、その使われない元修道院を女騎士学園にしたい理由はたった一つ。

あんな四方八方が断崖絶壁の山頂に、女騎士学園があったなら。

「なんだかこう……もの凄く格好良いと思うんだよね」

「そこですか……？」

「ダメかな？」

ぼくが聞くと、アヤノさんが呆《あき》れ顔をしつつも考えることしばし。

「……意外にアリかも知れませんね」

「本当に⁉」

まさかアヤノさんから褒められるとは思わず聞き返す。

「はい。もはや土地不足となった領都の邪魔にもなりませんし、それにあそこの建物は、修道院として使われていた時に魔法で頑丈に保護していたようです。ですので整備すれば、十分使用に耐えるでしょう」

「そんなことまで調べてたの？」

「さすがにローエングリン城の目と鼻の先にありますからね……とはいえ普通に使うには面倒すぎるので、今まで放置していましたが」

なにしろどこから見ても断崖絶壁の山頂なので、普通の人が行き来するにはゴンドラを使うしかない。

そんな一般的には不便すぎる建物だけれど、女騎士学園なら問題ないはずだ。

だって女騎士学園の生徒なら、千メートルの断崖絶壁を登るなんて楽勝なはずだからね。

「ということは、アヤノさんの目から見ても悪くなさそう？」

「ですね。よろしいかと存じます」

「それならあそこに決めちゃおう。……そういえばアヤノさん、オリハルコンの貯蔵庫も建てる必要があるって言ってたよね？　それも併設しちゃおうか」

「──なるほど。たしかに堅牢《けんろう》かつ盗まれにくい保管場所として考えたなら、あの山頂の建物はベストかも知れませんね。了解しました」

そんな話をしていると。

アヤノさんに書類を持ってきた青年官僚が、会話に首を突っ込んできた。

「面白そうな話題ですね。わたしも混ぜていただけませんか？」

「もちろんです」

彼はサクラギ公爵家から来てくれた官僚たちの取り纏め役で、以前にはサクラギ本邸の家宰補佐をしていたとか。

ぼくも含めて、みんなからは補佐さんなんて呼ばれている。

「補佐さんなら耳にしているかも知れませんが、トーコ女王の提案があって、辺境伯領に女騎士学園の分校を建てることになりまして」

「ええ。もちろんサクラギ公爵家としても全面的に支持しますよ」

「助かります」

トーコさんとサクラギ公爵は仲が良いから心配してなかったけれど、もしも公爵家から反対されたら困っていたところだ。

「──ところで閣下。サクラギ公爵家として、一つ提案がありまして」

「なんでしょう？」

「辺境伯の運営する最強騎士女学園には、上級課程を設置しませんか？　つまりは従来の女騎士学園を卒業したり、現役の女騎士を受け入れる制度のことですが」

「なるほど」

そういう課程を作ることで、王都の女騎士学園と差別化を図るのはアリかもしれない。

さすがサクラギ公爵家の補佐さんは優秀だ。

なんて考えていたら、アヤノさんは別のことに思い至ったようで。

「ユズリハさんですか？」

「やはり分かりますか」

補佐さんが頭を掻《か》いて、

「ユズリハお嬢様は王立最強騎士女学園を卒業されて、学生の身分ではなくなりました。なので本来は公爵家に戻って、次期公爵を継承するための準備に入るのが慣例なのです。なんといってもお嬢様は直系長姫ですから」

「そうなんですか」

それは知らなかった。

ユズリハさん、自分の立場の話って基本的にしないんだよなあ。

「ですがお嬢様は慣例を無視し、卒業後も領地に戻らずに、王都のサクラギ公爵の仕事も手伝わず軍士官になるわけでもなく、辺境に住み着いているように見えてしまっています。もしアヤノ殿なら、この状況はどう思われますか？」

「大変正しい判断ですね」

「ほう」

「大陸情勢を俯瞰《ふかん》すれば、ローエングリン辺境伯に近づくことは公爵家の慣例より遥《はる》かに重要で、サクラギ現公爵を立派に補佐していると言えるでしょう。……それ以前に公爵がそういう認識をしていなければ、とっくにユズリハさんの首に紐《ひも》を付けて、自分の領地に連れ帰っているはずですが」

「その通り。さすがですね、アヤノ殿は」

「貴族として当然の判断かと思いますが」

「同感です。ですがお恥ずかしながら、そんなことすらまるで分からないアホ分家筋が、我が公爵家には多く存在するんですよ」

「……お気持ちお察しします」

「とはいえよその貴族から攻撃される要素も、少ない方がいい」

「だからユズリハさんを学生身分に据え置くため、上級課程を置くわけですか」

「そうしていただけると大変助かるわけです」

二人の話は高度に政治的で、ぼくにはよく理解できなかったけれど。

そうすることでユズリハさんの役に立つのなら、ぼくが拒否する理由などまるで無い。

というわけで──

辺境伯領に創られる女騎士学園分校には、王都の女騎士学園には存在しない上級課程も設置されることになったのだった。


それから後は建設関係に強いサクラギ公爵家の官僚さんたちが集まって、ああだこうだ激論を交わしながら問題点をしらみつぶしにやっつけた結果。

わずか数日後には、発注から完成までの詳細な計画ができあがっていた。

さすがはアヤノさんと公爵家の官僚さんである。頭が上がらないよ。

3（トーコ視点）

深夜のサクラギ公爵邸。

スズハの兄との話し合いから王都へと戻ったトーコはその日、お忍びで公爵家の書斎に入った途端ドヤ顔で親指を立てた。

その様子に、サクラギ公爵はトーコの作戦が成功したことを知った。

「そうか。あの男は、分校設立の提案を呑《の》んだか」

「うん、バッチリ！」

トーコと公爵による、密室会合の最近のテーマ。

それはローエングリン辺境伯領内に、なんとかスズハの兄を説得して新たな軍事施設を建てられないかということだった。

もちろん今でも兵舎や国境砦《とりで》なんかはあるけれど、そうではなくてもっと大規模かつ最新の軍事施設を。

理由は簡単。

辺境伯領の重要度が、今までとは比べものにならないからである。

スズハの兄がいる以上、実質的に軍事侵攻は起こらないとしても。

それはそれとして新たな軍事施設の一つも建てないことには、他国にオリハルコンや、スズハの兄を軽視していると見られかねないのだ。

そうして外交問題が巻き起こった結果、スズハの兄がキレるのが一番怖い。

「まあホントは、方面軍の本拠地くらい置いて当然なんだけどさ」

「あの男はいい顔をしないだろうな」

「そうなんだよねー」

現在の辺境伯当主であるスズハの兄は、出自は庶民だし感性も庶民だ。

そして貴族と庶民で大きく違うものの一つに、軍隊への見方というものがある。

貴族にとって軍隊は、良くも悪くも道具でしかない。

一方で庶民は、往々にして軍隊に感情を抱く。すなわち好きか嫌いか。

そしてスズハの兄は公言していないものの、恐らく軍隊が苦手なタイプだというのが、トーコと公爵の共通見解だった。

貴族や権力と軍隊の好き嫌いは、大抵の場合セットである。

そしてスズハの兄は、明らかに貴族や権力を苦手としているのだから。

——というわけで。

二人で討論を重ねた、他国に対してそれなりに見栄《みば》えもして、スズハの兄が間違いなく妥協するであろう軍事施設。

つまりはそれが、女騎士学園の分校なのだった。

「ボクが帰るときにはスズハ兄、ニッコニコで全額負担できます！　って言ってくれたよ。ミスリル鉱山の利益が回せそうだって」

「つまりあの男は、分校を教育施設と受け取ったわけだな」

「間違いなくね。まあそうでなきゃ、もともと女騎士学園にスズハを入学させることも、いい顔しなかっただろうけどさ」

「そのおかげでユズリハと出会い、我々とも繋《つな》がったわけか」

「だねー。そうでなきゃ、少なくともボクはクーデターで間違いなく殺されてた」

「そしてユズリハがショックで抜け殻になり、他国に攻められた我が国は滅亡していた。

……あの男に権力欲が無いのは、本当に欠点だな」

「そしたらスズハ兄は今ごろ王様で、ボクはその横でお嫁さんやってるのにさ」

「なにを言うか。あの男の横に立つのは、ユズリハに決まっとるだろうが」

二人とも、この点では一歩も引く気はない。

けれどここで不毛な議論をしても意味が無いことは、とっくの昔に骨身に染《し》みている。

なので公爵は話を変えることにした。

「それでどう説得したんだ？　オリハルコンで他国がうるさいから虎の威を貸してくれ、とでも素直にお願いしたのか？」

「バカ言わないでよ⁉　それじゃあボクが、外交一つできないアホ女王みたいでしょ！　スズハ兄にそんな格好悪いところ見せたくないし！」

「ではどうやって頼んだ?」

「軍旧主流派《あのクソアホども》に対抗するためってお願いした!」

「……それは格好悪くないのか……?」

公爵は首を捻《ひね》るが、トーコ本人としては筋が通っている。

トーコはスズハの兄に、内輪もめの点ではクーデターという最悪な現場を見られた上に助けられている以上、せめて外交ではデキる女王というイメージを損ないたくないのだ。女の意地なのだ。

「ボクも悩んだけどさ、でもスズハ兄にウソつくなんて絶対嫌だし」

「まあ、軍旧主流派が面倒なのは確かだな」

「それに国内の貴族連中への牽制《けんせい》にもなるし、一石二鳥だよ。ボクとスズハ兄は蜜月関係なんだぞってアピールもしないとねっ!」

女騎士学園といえば王家の管轄、というのが貴族の常識だ。

なにしろ女騎士学園の正式名称は王立最強騎士女学園。つまり王立である。

スズハの兄から提案された分校費用の全面負担は、ありがたく受けるつもりだけれど。

それでも貴族の思考というものは、王家の女騎士学園に関する権利の一部をスズハの兄に渡したのだと受け取るものである。

もっとも、有能な貴族連中には内情バレバレだろうが。

公爵がそういえばと思い出して、

「ふむ。だがお前は以前、あの男の影響力を懸念《けねん》して、辺境伯領から離そうとしたはずだ。その点はもういいのか？」

「あー。それね……」

トーコの目がどんより曇ると、

「いやボクもさあ、あの頃はいろいろ頑張ってたわけよ。でももう諦めた」

「なぜだ」

「そんなの当たり前だよねえ⁉　ちょーっと領地から遠ざけたら、彷徨える白髪吸血鬼《ホワイトヘアード・ヴァンパイア》を倒したあげく幻のエルフ族まで連れてきたんだよ⁉　大手柄にも限度があるってのさ！　ボクの胃はストレスでもうボロボロだよ！」

「では、あの男を手放すか？」

公爵が聞くと、トーコが一瞬で真顔になって。

「絶対ムリ。あり得ない。スズハ兄を手放すなんて、たとえ仮定でも不可能だから」

「ならば今のは、愚痴などではなく惚気《のろけ》ということだな」

「ちょっ——⁉」

慌てて手を振り、全力で否定しようとするトーコ。

けれど結局、口をもごもご動かした末、ついに反論することができなかった。

まあそれも仕方ない。

本人だってそれが惚気でしかないことを、心の底では理解していたから。

＊

スズハの兄が絡《から》むとポンコツになることはあるが、トーコは基本的に有能な為政者だ。

もちろんサクラギ公爵も。

その後いくつかの懸念事項を話し合い、方針を決めて。

最後に話題に出たのは、異大陸についてだった。

「最近さあ、海の向こうが怪しいのよね」

「……異大陸か？　たしかに港が騒がしいと報告は来ている、だが……」

トーコたちのいる大陸と海を挟んだ向こう側には、ここことは別の大陸が存在していて、
それらは纏《まと》めて異大陸と呼ばれている。

一番有名なのは東にある異大陸で、それ以外にもいくつかの異大陸が確認されているが、

それ以上のことはよく分かっていない。

そもそも国交というものが、まるで存在しないのだから。

「異大陸で何があろうと、こちらには関係ないだろう……？」

「まあ普通はそう思うよねえ」

なにしろ大陸から離れて遠洋に出ると、まず間違いなく強力な魔獣が出没して船を襲う。

つまり危険すぎるのだ。

もちろん強力な魔導師を同行させたりして魔獣を追い払うことも可能だが、費用は相当高額だし、魔獣との遭遇以外にも嵐に遭ったりで沈没するリスクも大きく。

しかもそこまでして異大陸に着いたところで、有益な交易品が存在しない。

――というわけで、異大陸への旅行などは金持ちの道楽でしかないというのが、貴族を含めた共通見解だった。

しかし。

「もしオリハルコンが見つかったってなったら？　しかもエルフもセットで」

「う、うむ……？　それは……？」

「戦争だってあり得ない話じゃない、って思わない？」

「……否定したいが……うぅむ……」

「でしょ？」

そしてトーコには残念なお知らせがあった。

それは異大陸に、好戦的かつ強大な国家が存在するという情報である。

「公爵はさ。東の異大陸がつい最近、国家統一された話って知ってる？」

「いや……異大陸のことまで気にする余裕は無かったな……」

「ボクもそうだから、つい最近知ったんだけどね。なんでも滅茶苦茶《めちゃくちゃ》強いケンゴーがいて、そいつが敵対国を潰しまくって国家統一したんだって」

「……ケンゴーとは何だ？」

「ボクもよく知らないけど、なんかユズリハみたいなものらしいよ？」

その情報を聞いたとき、トーコは妙に納得したものだ。

そりゃあユズリハくらい強いヤツがキッチリ戦争に投入されてフル回転しまくったら、大陸統一くらいできるでしょ。

「──つまりそいつらが戦争を仕掛けうる、ということか？」

「そこまでは分かんないけど、条件は当てはまるよねー」

「あとは異大陸での、オリハルコンの価値にもよるだろうが……」

異大陸では、オリハルコンはこちらほど価値を持たないかも知れない。

それならば問題無い。

だがもしも、こちらの大陸以上に貴重な品ということならば——

「……マズいかもしれんな」

「ねー。さすがに異大陸じゃ、スズハ兄の威光も効かないしさ」

「当たり前だ」

この大陸の国家なら、スズハの兄がいるだけで相当な抑止力となる。

けれどその実績があまりに破天荒すぎるため、異大陸の人間には逆に通用しないだろう。

なにしろリアリティがなさ過ぎる。

トーコだって、異大陸のケンゴーが百万の軍隊をたった独りで蹴散らしたと聞いたら、間違いなく鼻で笑う。

「まあ今の段階では、そういう可能性があるってだけなんだけどさ」

「そうだな。頭の隅に入れておけばそれでいい」

「だねー」

でもこういう悪い可能性って、だいたい現実になるんだよねー……

トーコはそう思ったものの、さすがに口には出さなかった。

4

女騎士学園の分校に生まれ変わる元修道院の修繕工事が、急ピッチで進められている。

辺境伯領内にいた腕利《うでき》きの職人さんが大集結して、最優先で仕事に当たってくれていた。

その下で大勢の作業員さんがキビキビ働いている。

そして、その中に紛れて……ぼくたちも働いていた。

「ていうか、なんで二人ともここにいるんですか……？」

石材を運びながら、ぼくは後ろをジト目で眺める。

そこにいるのは、途轍《とてつ》もなく顔の整った美少年二人組。

背の低い方は青髪ポニーテール、もう一人は腰まで伸びたブロンドヘア。

二人とも女性のように華奢《きゃしゃ》に見えるけど、胸板はゴリラみたいに厚い。

その正体は、大きすぎる胸元をサラシで潰して男装したスズハとユズリハさんである。

「キミがいるんだから、相棒のわたしが駆けつけるのは当然だろう」

「公爵令嬢がやる仕事じゃないでしょう？」

職業に貴賤《きせん》は無いというのが信条のぼくだけど、いくらなんでも噛《か》み合わせが悪すぎる。

ぼくとしてもサクラギ公爵に怒られたくはないですよ？

「兄さんの言うとおりですね。ですのでここはわたしと兄さんに任せて、ユズリハさんは帰ってどうぞ」

「ぐっ……い、いや！　今のわたしはスズハくんの兄上の護衛だ！　その目くらましに、二人で共同作業をしているのだからな！」

ぐっと右腕を曲げて力こぶを見せるポーズのユズリハさん。

左手一本で支える重さ十トンの石材がビクともしないのはユズリハさんだし当然だけど、能力の無駄遣いという気もする。

「ですが兄さんだってそうでしょう。なぜ辺境伯である兄さん本人が、修繕工事の現場で作業員をやっているんですか？」

「視察だよ」

そう、ぼくには視察という大義名分がある。

大量に派遣されてきたサクラギ公爵家の官僚さんたちのおかげで、ぼくの仕事は劇的に減少した。アヤノさんと二人で書類と格闘していたのは過去の話。

それに書類仕事自体も、ようやく落ち着いてきたみたいだし。

というわけで最近のぼくは、秘密の視察と称して身体《からだ》を動かしているのだ。

ぼくの答えに、スズハはなるほどと目を輝かせて。

「たしかに兄さんが作業をしつつ見張っていれば、もしも公爵家に裏切り者がいて密《ひそ》かに抜け穴や秘密の小部屋なんかを作ろうとしても、すぐに発見できるということですね！　さすがです兄さん！」

「そんなこと考えてないよ⁉」

ユズリハさんの実家からきた人間を疑う発言を、本人の目の前でするのはどうかと思う。そりゃ危機管理としては正しいかも知れないけど。

けれどユズリハさんはなぜか疲れた表情で、

「いや、いいんだスズハくんの兄上……こう言ってはなんだが、公爵家にいる官僚連中は仕事はできるがクセの強い連中ばかりだからな。思いつきで勝手に隠し部屋の一つや二つ、黙って作ろうとしても不思議じゃない」

「ええ……？」

「だから『キミが見張ってくれていてとても助かる、さすが辺境伯は慧眼《けいがん》の持ち主だ』と、ウチの補佐も感謝していたぞ」

なんということでしょう。

執務室で手持ち無沙汰なのもアレだから身体を動かしていただけなのに、いつの間にか深慮遠謀の末ということになっていたらしい。

誤解なんだけどなあ。

＊

仕事が終わるとゴンドラに乗って領都の中心部へと帰る。

するとそこには、帰宅帰りを狙い打ちした商売人が屋台を出している。

ちなみに種類は肉とか酒がほとんど。だって肉体労働後だもの。

あとはせいぜいゲーム系とかギャンブル系の屋台が少しあるくらいか。

「兄さん兄さん、あの屋台に挑戦してもいいですか？」

「なになに……力自慢求む……？　参加費銅貨一枚、腕相撲で勝ったら銀貨五枚……？

スズハ、危ないから絶対やっちゃダメ」

もちろん危ないのはスズハではなく相手の方で。

いくら華奢に見えても、女騎士学園の生徒であるスズハの腕力は一般人より相当強い。

なので相手が軍人ならともかく素人《しろうと》の力自慢だった場合、スプラッタな事になりかねない。

なのでここは却下の一択。

「肉串買ってあげるから」

「わあぃ」

スズハの分だけ買うのもアレなので、三人分の肉串を一人二本ずつ買い求める。

そのまま歩き食い。ちょっと行儀は悪いけど、これがまた美味《うま》いのだ。

「兄さん！　このお肉、脂がじゅわっとして凄《すご》く美味《おい》しいです！」

「そりゃ良かった。ユズリハさんはどうですか？」

「うむ、これは美味い……それに、キミが買ってわたしに渡してくれた肉串だと思うと、どんな宮廷料理よりも美味しく感じるな……もちろん一番美味しいのは、キミの手料理に決まっているが」

喜んでくれてるみたいだ。よかった。

ぼくも肉串にかぶりつく。

すると、どぎついまでの脂身が身体を優しく癒やしてくれる。

庶民的に歩きながら肉の串を食べるとき、ぼくは誰にも邪魔されず、自由だ。

独りで、静かで、豊かで……

「むっ……キミ、あっちの方がなんだか騒がしいようだ」

独りで……静かで……

「兄さん、ケンカみたいです。一触即発ですよ！」

静か……で……

「よし、止めに行くぞキミ！」

「……大丈夫だと思いますよ……？」

庶民のケンカは日常茶飯事。

なかには殴り合ってこそ生まれる友情もある、なんて豪語する輩《やから》もいるくらいだ。

とはいえ女騎士であるユズリハさんとしては、放置しておくわけにもいかないだろう。

肉串にかぶりついたまま、ユズリハさんに袖を引かれてついて行く。

着いた先では男が二人、素手で殴り合っていた。

見事なまでに典型的な庶民のケンカ。

周りでは野次馬が騒いでいる。完全に見世物と化していた、凄く楽しそう。

ユズリハさんが困った顔で、

「……なんか、みんな楽しそうだな……」

「ですね。止めます？」

「う、ううむ……そうだな……いやしかし……」

なにせ一撃ずつが大ぶりすぎ。もしこれがユズリハさんなら一ミリ単位で躱《かわ》せるような、そんなパンチの応酬。

いっそ牧歌的なケンカじゃないか。

「まあこれが庶民流のストレス発散ってやつですよ」

「止めに入るのも却《かえ》って無粋か」

「かも知れませんね」

でも正直、少しだけ珍しいなと思った。

というのも片方の男の動き。

本当はもっと洗練されているはずなのに、素人レベルの動きでございという演技なのがもうバレバレなのだ。

牧歌的なケンカだから、相手に合わせているのだろうか。律儀《りちぎ》だなあ。

横目でケンカを視界に入れつつ、口に入れたままの串の肉を飲み込んで、

――その時。

片方の男が、懐《ふところ》からナイフを抜くのが見えた。

「っ⁉」

反射的に、ぼくは全力で飛び出した。

ナイフを抜いた男の動きは、今までのケンカとは違う訓練されたもので。

相手の男も見物人たちも、突然のことに固まっている。

そのまま、吸い込まれるように凶刃《きょうじん》が届く寸前。

ぼくは肉を食べ終えた串二本で、男のナイフを挟んで止めた。

「そこまでっ！」

素手じゃなく串を使ったのは、万が一ナイフに毒が塗られている可能性を考えてのこと。

「……な、なんだお前は……⁉」

「ぼくはただの通りすがり。それよりも、ケンカで武器を抜くのは御法度《ごはっと》でしょ？」

「‼ 串で挟まれただけのナイフを、ほんの少しも動かせないだと……⁉」

「さすがに見過ごせないから衛兵に引き渡すよ……っと」

足音に振り返ると、ユズリハさんがこちらに駆けつけてくるところだった。

「キミ、大丈夫かっ⁉」

「はい。衛兵を呼んでいただけると助かります」

「それはスズハくんに任せたから大丈夫だ……いきなり爆発するような勢いで飛び出して、わたしは心臓が止まるかと思ったぞ？　まったくもう」

ユズリハさんと話しているうち、驚きで固まっていた群衆のみなさんも、ようやく我に返ったようで。

「な、何があったんだ……？」

「分からん……あの男がケンカの途中、突然ナイフで斬りつけたと思ったら、次の瞬間に兄ちゃんが串二本で真剣白刃取《しらはど》りした……⁉」

「ナイフ野郎の腕がプルプルして、全力でナイフを取り戻そうとしてるが……兄ちゃんが串で挟んだナイフは、ピクリとも動かねえぞ……⁉」

「状況がさっぱり分からんが……あの兄ちゃんが滅茶苦茶《めちゃくちゃ》つええことは分かる……！」

「この兄ちゃんの強さ、かの殺戮の戦女神《キリング・ゴッデス》に匹敵するんじゃないか……？」

さすがにそれは大げさすぎ。

我が国における伝説の女騎士ユズリハさんこと殺戮の戦女神《キリング・ゴッデス》に匹敵だなんて、まったくおこがましいにもほどがある。

気分悪くしてないかな……と恐る恐る見ると。

ユズリハさんがなぜか頰を赤らめながら、指をモジモジさせていた。

「そ、それはつまり……わたしとスズハくんの兄上が、お、お似合いのカップルなんかに見えるということか……？」

「違うので照れんでください」

今のユズリハさんは男装しているせいか、普段よりも中性的な魅力が強化されていて、新鮮な可愛《かわい》さがあって反応に困る。

——その後、スズハが連れてきた衛兵さんに二人とも引き渡して、ぼくたちはそのまま帰ったのだけれど。

後で聞いたところによると、あのナイフを抜いた男はなんと暗殺者で、もう一方の男はサクラギ公爵家のツテでわざわざ呼び寄せた、王都でもとても腕の立つ職人さんだとか。

そして暗殺者は、ケンカに見せかけて暗殺しようと目論《もくろ》んでいたらしい。

どこかの没落貴族が代金を踏み倒そうとしたんだとか。

後日、職人さんとその娘さんからえらく感謝されて恐縮した。

5

ぼくが辺境伯だということがみんなにバレたため、現場で作業することを止められた。

あの事件のせいだ。

まあぼくだって隣で働いてるのが貴族だと知ったら、たとえ名ばかりでも驚くからね。

そう考えれば仕方ない。

そうして城の執務室で事務作業兼雑用をする日々に戻った、そんなある日のこと。

「――閣下。少しお時間、大丈夫でしょうか？」

なぜか首を捻《ひね》りながら執務室に戻ってきたアヤノさんに、かまわないよと頷《うなず》くと。

「あの……街中の警備隊が、閣下に会って欲しい人物がいるらしく……」

「どんな人？」

不審者や犯罪者なら普通に捕まえるだろうし、逆に客人なら連れてくるだろう。

つまり判断がつかないということだ。

でもなんでアヤノさんは、伝えにくそうにしているんだろう？

「……その者の外見的特徴としては、まずスズハ殿やユズリハ殿に間違いなく匹敵する、すこぶるつきの美少女で……」

「ユズリハさんの親族かな？」

スズハに親戚の女子とかいないはずだから、いるとすればユズリハさんだ。

「スタイルも二人に匹敵するほど……胸が冗談みたいに大きくて……」

「それ絶対、ユズリハさんの親戚でしょ？」

「珍妙な格好をして、胸元をサラシできつく締め上げ……」

「……？」

「なんでも『自分より強いヤツに会いに来たのだ』などと供述しており……」

「見事なまでに不審者だね⁉」

とはいえ悪いことをしている、という話じゃないみたいだ。

「分かった。ぼくが会うよ」

「よろしいのですか？」

話を聞く限りこの国で最強の女騎士、つまりユズリハさんに会わせたら喜ぶだろうけど。

でも公爵令嬢のユズリハさんに、紹介状もなしで気軽に面会させるのは不許可である。

その点ぼくならば、辺境伯だけど平民みたいなものだから問題無いけど。

「ユズリハさんに会わせるわけにはいかないからね！」

「……またアホなことを考えてるんでしょうが、わたしはツッコみませんからね……？」

流れるように罵倒されてしまった。なぜ。

連れてこられたその美少女は、聞いていた以上に不審者だった。

年齢はスズハと同じくらいか、僅かに下だろうか。

顔は滅茶苦茶整っていて、動くたびに長い黒髪がサラサラ揺れる――そこまではいい。

見たことのない異国の服装。

後日聞いたら、紋付羽織袴《もんつきはおりはかま》というらしい。

間違いなく大玉メロンより大きい胸元を、真っ白なサラシでギチギチに締め上げている。

腰には刀を二本差し、腰帯で留められている。

……ぼくが辺境伯じゃなければ、絶対にスルーする案件だよねこれ。

どこからツッコもうかと悩んでいると、向こうから自己紹介をしてくれた。

「拙《せつ》はツバキというのだ。東方にある大陸から来たのだ」

ほーん。東方の大陸の出身ねえ。

ぼくが感心していると、アヤノさんが険しい顔で、

「待ってください閣下。……ツバキさん、それは異大陸ということでしょうか？」

「この大陸から見れば異大陸ということになるのだ」

ふむふむ。だから珍妙な格好をしてると。

「拙はさすらいの武芸者だが、故郷では戦う相手がいなくなったのだ。なのでこうして、こちらの大陸に渡ってきたのだ」

「なるほど」

動機も言動もおかしいところは無いな。ヨシ！

「お気を付けて、良い旅を」

「待ってください閣下⁉」

なぜかアヤノさんに止められた。

「この少女、明らかに異大陸から来た軍人ですよね！　詳しく調査するべきでは？」

「そうは言っても……この子、スズハと変わらないくらいの強さだよ？」

雰囲気でそういうのって、なんとなく分かるんだよね。

ぼくの見立てでは、この子の強さはスズハと同程度か少し上くらい。

つまり女騎士見習いと同程度であり、たいした強さではない。

なので放っておいても問題ないだろう。

そうぼくが本人に聞こえないよう耳打ちすると、アヤノさんがすごく不思議そうな顔で腕を組みながら考えることしばし。

「——なるほど、ようやく法則性が見えました」

「なにが？」

「閣下の判断基準です。閣下は先入観のある相手の場合は強さの基準が世間一般になって、そうでなければ強さの基準が自分になるんですね」

「自分だとよく分からないけど、そうなのかな？」

だとしても、その二つに大きな違いがあるとは思えないけれど。

「ということで、お気を付けて。良い旅を」

「そうはいかないのだ」

ツバキを解放しようとしたら、なぜか本人からストップがかかった。

「えっと、なにか？」

「おぬしと一つ、手合わせ願いたいのだ」

「……え、ぼく？」

「おぬしを初めて見たその瞬間から、拙の魂が叫んでいるのだ」

「なんて？」

「——ついに見つけたのだ、目の前にいるこの漢《おとこ》こそ、拙が打ち負かさなくてはならぬ好敵手《ライバル》なのだと——！」

「……なんでそんなことが分かるのさ？」

「立ち居振る舞いを観察すれば、おぬしの大まかな実力は分かるのだ。それになにより、おぬしは途轍《とてつ》もない強者のオーラを身に纏《まと》ってるのだ——！」

「ええ……？」

ずいぶん思い込みの激しい異大陸人である。

けれどこっちも不審者扱いで手間を掛けさせたし、まあお詫《わ》びということで。

「仕方ない。じゃあ裏庭に行こうか」

「よろしく頼むのだ！」

6（ユズリハ視点）

——スズハの兄が、異大陸から来た謎の武芸者と面会している。

大手の商会長らとの会合真っ最中だったユズリハは、そう耳打ちされた瞬間即座に席を立ち、その日の予定を全部キャンセルして城へと戻ることを決めた。

「すみません、急用ができたのでこれで」

「えっ……あの、この後にウエンタス公国産の、幻とも言われた美味を取り揃《そろ》えた昼食を……その席で、我が息子も紹介したいと」

出席していた大商会の会頭たちがどうにか引き留めようと画策したものの、ユズリハは一顧だにせず飛び出して城へ。

会頭たちが自分との会合を大変な名誉だと思っていることを、ある程度は理解しているユズリハは、ほんの少しだけ申し訳ないなと感じつつ。

そんなことよりも圧倒的に脳内を占める決意が、口から漏れるのだった。

「わたしは、スズハくんの兄上の背中を護《まも》る相棒なのだ——！」

自分の相棒が、見知らぬ異大陸の武芸者と対峙《たいじ》する。

となれば万が一を考えて、自分も同席するのが筋であろう。

——そんな、あたかも川の流れのような滑らかさで構築されるユズリハの脳内理論には、
そもそも自分が対処できるならスズハの兄だけでも大丈夫という理屈は存在しない。

全力ダッシュで城へと戻り、二人がいるという裏庭へ駆けつけて。

そして。

ユズリハは、なんだか何度も見たような光景を目《ま》の当たりにした。

「……これは……」

とりあえず、先に駆けつけたらしいスズハに話を聞く。

「スズハくん。状況は？」

「見ての通りですよ」

目の前では、スズハの兄が妙な格好をした少女をフルボッコにしていた。

すごく見覚えがある。なんなら経験もある。

それは自分が、アマゾネスたちが、メイドのカナデも通った道で——

「兄さんのことですし、こんなことだろうとは思ったんですけどね」

「あー」

こちらの大陸では見かけない刀。

あの民族衣装は、たしか東の異大陸の服装だったはず。キモノと呼ばれるものだ。

しかしあの服装は、男物だった気がするが……？

「要するにいつものアレか」

「アレですねえ。まあ大陸が違ったところで、強さなんてそう変わるはずないですから。当然ではあるんですが」

「とはいえスズハくんの兄上も、多少はやりにくそうだな」

「さっきから見てるんですがあの異大陸人、単純にかなり強い上に戦い方がわたしたちとぜんぜん違うんですよね」

「ほう？」

「すごく大雑把に言うと、こっちの戦い方って基本的に剣で叩《たた》き斬る感じじゃないですか。でもあの戦い方はそうじゃなくて、刀で斬り裂くって感じというか」

「なるほど」

「ほかにも滅茶苦茶《めちゃくちゃ》攻撃重視で防御の方はほとんど無視というか、躱《かわ》して当たらなければどうということはないというか……とにかくそういう動きなんですよ」

「それはスズハくんの兄上、かなりやり辛《づら》いだろうな」

「それでもコテンパンにしてる時点で、さすがは兄さんといいますか」

「同意しかないな」

……しかしあの異大陸少女、やたら美少女なうえに胸元もでかすぎじゃないだろーか。

サラシでぎゅうぎゅうに押しつぶしてなおスイカ大とか舐《な》めてるのか？

完全に自分のことを棚に上げ、ユズリハが睨《にら》むようにして観察する。

悔しいが、あの少女の武人としての腕前は大したもの。

なにも知らずに戦えば、殺戮の戦女神《キリング・ゴッデス》と呼ばれる自分ですらも異様な攻撃に翻弄される予想図しかない。

それを除いても自分とはほぼ互角か、ひょっとしたらあちらが上か。

まだまだ世界は広いな……とユズリハが腕を組んで唸《うな》っていると。

「ところでユズリハさん、さっきから気になってることがあるんですが」

「なんだ？」

「あの異大陸の人なんですが時たま、意味不明な叫び声を上げるんですよね」

「ほう」

「さっきも『異大陸の漢は、一般人でもこれほど強いのだ!?』って」

「……それは……」

もの凄《すご》く想像がつくような気がする。

なにしろ、スズハの兄の口癖ときたら。

自分は庶民だの一般人だの、戯言《たわごと》としか思えないようなものだから。

「それはまさか……スズハくんの兄上を一般人と勘違いしているとか……？」

「ははは。そんなヴァカな」

「ならばスズハくんは、それ以外の可能性を考えられるか？」

「まるで思いつきませんね」

もう一度よく観察する。

あの異大陸少女は目をキラキラさせながら、全力でスズハの兄にぶつかっていた。

「……だが、これはチャンスだ」

「なんでですか？」

「あの異大陸少女の目をよく見ろ」

言われたスズハがじっと観察して一言。

「泥棒猫の目をしています」

「そうだけど、そういうことじゃない――いいか、アマゾネスと比較するんだ」

「はあ」

「スズハくんの兄上と戦ったアマゾネスたちは、自分の強さの自負を徹底的に破壊されて、プライドが根底からボロボロに崩壊、でもせめて一太刀入れることでスズハくんの兄上に認められたくて、泣きながら剣を振るっていただろう？」

「……痛ましい事件でしたね……」

「だがあの異大陸少女は、純粋な驚きと感動で戦っている。なぜだと思う」

「……つまり、その理由は兄さんが一般人で、こちらの大陸にはあれほどクソ強い人間がゴロゴロしてるだなんて戯言を信じていると……？」

「それ以外に考えられないだろう」

そうと分かれば善は急げだ。

今までのユズリハの経験上、トップレベルの女騎士がスズハの兄に圧倒された後には、間違いなくスズハの兄に惚《ほ》れる。そりゃもう心の底から一目惚れする。

だって仕方ないのだ。

弱いけものは強いけものに従う。

それが動物の、女騎士の本能なのだから。

しかし、あの強さが特別なものでないと勘違いしている今ならば……！

まだ瞳の中にハートマークを浮かべていない、今ならば……！

「スズハくん。大至急ここに、うにゅ子を連れてきてほしい」

うにゅ子とはつい先日まで吸血鬼に身体《からだ》を乗っ取られてた、普段は幼女にしか見えないハイエルフである。

ユズリハの知る限り、この大陸で二番目に強い。

一番目はもちろん眼《め》の前にいる自称一般人。

「今すぐですか？」

「ああ。スズハくんの兄上とやり終えたら、間髪入れずにうにゅ子を投入しよう」

「それはどうして」

「分からないか？」

ユズリハが大真面目な顔で断言した。

「自称一般人のスズハくんの兄上にボコられた後に、見た目幼女のうにゅ子にボコらせて——スズハくんの兄上の強さは本当に特別じゃないんだと、勘違いさせようじゃないか。それができるのはうにゅ子しかいない」

「鬼ですねユズリハさん」

ちなみに鬼とは、東方の異大陸に存在する魔物である。

「ならばスズハくんは、新たなライバルを増やしたいと？」

「全速力で呼んできます！」

そして、華麗な手のひら返しをしたスズハが、うにゅ子を連れてきて。

スズハの兄とうにゅ子が、二人がかりで異大陸から来た一人の少女をボコにした結果。

乳のやたらでかいサムライガールことツバキが、大きな勘違いをすることになった。

7

女騎士学園分校の工事が急ピッチで進み、職人さんは凄いもんだと感心しきりだった、そんなある日のこと。

ユズリハさんから、入学試験の話題を振られて首を捻《ひね》った。

「入試って……そんなもの必要です？」

「必要に決まってるだろう」

この大陸の学校は四月からと十月からの半期制で、どちらからでも入れるのが一般的だ。

なので分校は、十月から開校しようという話になっていた。

もちろん工事が間に合いそうだという前提はあるけれど。

だから十月入学生の入試を近々に行う……というのは、本来なら正しい。

でもそれは、定員以上に志望者がいればという話で。

「だってこんな辺境にある、しかも実績ゼロの分校ですよ？」

「そこの領主がキミだというのが大問題なんだ。それに僭越《せんえつ》ながら、このわたしも多少は名前が売れているからな。宣伝効果というものがある」

「なるほど……？」

ぼくはともかくユズリハさんが同じ学校というのは、たしかに宣伝効果が抜群だろう。

つまり入学希望者がわんさか来る可能性もあるわけで。

ここは第三者の意見を聞くべきだろう。

「アヤノさんはどう思います？」

声を掛けるとさすがはアヤノさん、すぐに資料を取り出して答えた。

「ええと……はい。現時点でも既に、入学定員の十倍以上の問い合わせが来ていますね。入学試験の日程も既に決まっていますし」

マジですか。

入学希望者なんて来ないと思ってたのは、ぼくだけなのか。

衝撃を受けるぼくの様子に、アヤノさんがなんだか納得した顔をして。

「……なるほど。それで、わたしが『ウエンタス公国との友好関係誇示のため、別枠での推薦入学を設立すべき』と進言したとき、一も二もなく了解されたわけですか」

「アヤノ殿……それはまさか、裏口入学的な何かだろうか？」

「とんでもない。交換留学のようなものを想定しています。なにしろ軍部実務レベルでの友好と融和を示すには、絶好の機会ですから」

「まあそれはそうか」

「なにより、閣下は入学資格に国籍不問を掲げましたからね」

「……いやぼくは、そこまで考えてたわけじゃないけどね？」

軍学校には常識的に、自国籍の人間しか入学できない。

軍人を養成するという目的や、スパイが入り込む可能性など考えれば当然のことで。

けれど今回、分校では国籍要件を撤廃した。だってねえ。

庶民には、いろんな理由で国籍を証明できない子供が、それなりの数いるわけなのさ。

国境に隣接する辺境伯領ならなおさら。

そういう子供も、才能があるなら女騎士学園で勉強してもらえばいいと思う。

そんな理由で、わりと独断で廃止したんだけど……

「志望者がこんなにいるなんて予想外だよ」

「では閣下、国籍要件を復活させますか？」

「それはいいかな」

しかしそうすると、一つの懸念《けねん》が生まれるわけで。

「……その人たちって、どんな学校だと思って来るんでしょうね？」

ぶっちゃけ、新しくできる分校のレベルは低い。

少なくともぼくの考えではそうなるはず。

辺境にある新設校だし、豊富なノウハウだって存在しない。

それに戦闘の教官もケガで退職を余儀なくされた戦傷兵とか呼んで、あとは魔獣相手に実戦すればいいと思ってたくらいだ。

だから地元はともかく、他国から注目なんてありえないと思ってたんだけど……？

けれどユズリハさんとアヤノさんの意見は、ぼくと全く違うもので。

「そりゃ当然、大陸最高の女騎士養成機関と思ってるに違いない。なあアヤノ殿？」

「間違いなく。かの伝説のメイドの谷すら生ぬるい、究極の教育機関と考えるでしょうね。なにしろ閣下が創立者なのですから」

「卒業できれば超一流の女騎士になること確定だからな」

「もちろん訓練内容は地獄の一言でしょうが、卒業できれば軍上層部からも一目置かれて超絶エリートコース間違いなし。そんなところでしょう」

「女性王族の護衛を経て近衛《このえ》師団長から騎士団総長、といったところか？」

「そんなところですね。一般的には夢物語ですが、なにしろ閣下肝煎りの女騎士学園分校卒業者ですから」

「えええええ……⁉」

ユズリハさんとアヤノさんの話す内容に、ぼくは真っ青になった。

マズい。これは非常にマズい。

どうやら世間では、こんな辺境にある分校の期待値がなぜか天元突破しているみたいだ。

ユズリハさんが原因だろう。

なにはともあれ、このままだと非常にマズい。

なんとかして、いつの間にか高まりすぎていた期待値を適正まで戻す必要がある。

どうしようかと脳内をフル回転させて——ふと閃《ひらめ》いた。

「ユズリハさん、一つ考えたんですが」

「どうした？」

「入学希望者に、現状を知ってもらう必要があると思うんですよ」

「ほう。それで」

「なので受験の前に、ウチは基本的にこの程度のレベルですみたいなのを見せようかと。具体的にはスズハに模擬戦でもさせて」

「なるほどな。――しかしキミも存外えげつない」

「えっ」

「初手からレベルの違いを見せつけ、ココロを折りに行こうということか！」

「……そういうことです？」

初手でレベルの低さを見せつければ、ユズリハさんに憧れてやって来た大半の受験者は呆《あき》れて帰ってしまうはず。

評判は悪くなるだろうけど、入学後に失望されるよりはマシだよね。

ただそれを「ココロを折る」と表現するのは違和感あるけど……まあいいや。

「あいわかった。もちろんわたしも参加するぞ」

「うーん……そうですね。お願いします」

せっかくこんな辺境にまで来てくれたわけだし、せめて人気者のユズリハさんを眺めて帰ってもらうのはアリなんじゃないかと思う。

まさかユズリハさんだけ見て、この分校はレベルが高いなどとは勘違いされないだろう。

ならばお願いする要素しかない。

ぼくが頷《うなず》くと、なぜかユズリハさんが凄《すご》くいい顔で笑って、

「というわけでキミも当然参加だ」

なにを言ってるんだろうユズリハさんは。

「いえいえ、ぼく生徒じゃないですし。そもそも男ですし」

「そこでこの服だ」

ユズリハさんが取り出したのは、ヒラヒラ総レースのドレス。

「……なんですかそれ？」

「これは以前わたしが着ていた服だ」

「はあ」

「以前、わたしとキミの身長がそう変わらないという話をしたな」

「そんなことありましたね」

「ということは、わたしの服を直せばキミに着せることが可能ということだ」

「はっはっは。そんなヴァカなこと――」

「ちなみにキミの身体《からだ》のサイズは、あらゆる部分を念入りに測定してある」

「えっと……？」

なんだかユズリハさんの目が怖い。

この先を聞きたくない気が凄くするけど、それだと話が進まないわけで。

「そしてこのドレスはキミの身体にきっちりと寸法を直してから、サクラギ公爵本邸より送られてきたものだ」

「……なぜそんなものを？」

ぼくが嫌々聞くと、ユズリハさんが待ってましたとばかりに、

「いいかキミ。普通に考えれば、女騎士学園での模擬戦にキミが参加することは難しい。なぜなら女騎士学園なのだから」

「当然です」

「だが——これを着れば、キミも模擬戦に参加できるッ！」

「えぇー……」

さすがに冗談だよねと願いながらユズリハさんをじっと見つめると、とても素敵な顔でニコニコと笑っていた。

目の奥はまるで笑っていなかった。

「わたしはただ言い出しっぺのキミも参加すべきではないかと、そう思っただけなんだ。

この案を閃いたとき、キミの女装姿を一度は目に焼き付けねばいかんと思ったりだとか、キミの女装姿はたいそう可愛《かわい》いんだろうなと想像してついヨダレが垂れてしまったとか、それからずっとキミの想像の女装姿が脳内から消えないとか、女の子の格好をしたキミを抱きしめたいとか、決してそういうことじゃないから勘違いしないで欲しい」

「そんな勘違いしませんよ⁉」

「さあ、是非着てみてくれ。ドレスはサクラギ公爵領でも最高の腕《うで》利《き》き職人に直させたし、サイズはぴったりのハズだ」

「ユズリハさんステイ、ちょっと落ち着いて……」

「わたしは十分落ち着いているぞ。ああ、わたしのお古ということが気に掛かるのか？　新品でないのは申し訳ないが、キミには是非ともわたしがお気に入りだったドレスを着て、わたしに包まれるような感覚を——ではなく、キミにもとても似合うと思ったからな！　さあさあ！」

「……えっと……」

そうして笑顔のまま、ぐいぐい押しまくってくるユズリハさんに。

ぼくは表情筋の死んだ顔で、ただ頷くしかなかった。

＊

――そして入学試験当日。

山のように集まっていた受験生たちが見守る前で、なぜかユズリハさんのドレスを着て女装させられたぼくとスズハが模擬戦をして。

そこに途中からユズリハさんが乱入してきて、最後には三人で延々と相手をぶっ叩《たた》く、いつもの訓練みたいになった。

連係して襲ってくるスズハとユズリハさんに、ぼくが頑張って抵抗する形式で模擬戦を続けた結果。

午前中に始めたはずの模擬戦は、いつの間にか夕方になっていて。

受験生が一人残らず辞退した、と知らされたのだった――

8

入学試験の翌日、ぼくは執務室で頭を抱えていた。

「なんでこんなことに……うあぁ……」

「どうしたのですか閣下?」

アヤノさんに聞かれたので、素直に相談することにする。

「いや、なんで一人残らず辞退したのかな、って……」

「わたしとしては、むしろ当然だと思いますが」

「なんで⁉」

「閣下たちの魅せたパフォーマンスは、レベルがあまりに違いすぎたので」

「そ、そんなに……?」

ぼくが恐る恐る聞くと、アヤノさんがきっぱり首を縦に振り。

「わたしは途中の少しだけしか見ていませんが、もう完全に地獄絵図でしたね……なにせ『この程度のレベルを想定しています』と言われて見せられたものが、あり得ないほどに別次元でしたから。そりゃココロもバッキバキに折れますよ」

「そこまで⁉」

「閣下たちは気づいてませんでしたが受験生たち、一人残らずギャン泣きしてましたよ。こんなにレベルが違うなんて聞いてない、自分なんかがやっていけるはずない……って。みんな膝から崩れ落ちてましたし」

「ええ……」

それほどまでに低レベルだと思われたのか……

でもユズリハさんやスズハの話を聞く限り、実際はそんなことないと思うんだけどな。

でもレベルが一緒だとしても、それだけだと辺境にある分校の魅力は薄いわけだし……

いずれにしても、授業のレベルアップは必要ということか。

「……ひょっとして閣下、また妙な勘違いしてませんか？」

「そんなことないよ？」

「そうでしょうか……」

なぜかアヤノさんが首を捻《ひね》っているが、まあそれは置いといて。

「取りあえずはこのままだと、入学者はユズリハさんとスズハしかいないのかな。そうだ、ツバキも入りたいって言ってたし……」

「ツバキとは？」

「いたでしょ？　異大陸から来た武芸者の女の子」

「ああ。あの」

ツバキ曰《いわ》く、異大陸と比べてこちらの戦闘のレベルは格段に高いらしい。

なのでスズハやユズリハさんと一緒に、女騎士学園分校に通って更なるレベルアップを目指したいと言っていたのだ。

ツバキはスズハと同レベルだから、お互い切磋琢磨《せっさたくま》ができるだろう。

それに異大陸の剣術使いというのもポイントが高い。

なので事前にぼくから、ツバキは入試免除でいいよと言っておいたのだ。

……もし見られていたら、ツバキにも逃げられていたかも知れない。危なかった。

「閣下、それとは別にウエンタス公国から入試免除で入学してくる女騎士が十人います。交換留学生ですね」

「そんなこと言ってたね」

「はい。ですので、少数精鋭主義の女騎士学園として体裁《ていさい》は保てるかと」

「……ウエンタス公国の人たちは、そのまま入学して平気なの？」

あんまり分校の評判が悪いと、後で外交問題になったりしないだろうか。

しかしアヤノさんは、全く問題無いと断言した。

「大丈夫です。ウエンタスの女大公にも確認が取れています」

「そうなんだ」

そこまでアヤノさんが言うなら、とりあえずは大丈夫だろう。

けれど分校の教育レベルや評判を上げることは、継続して考えなくちゃいけないよね。

「うーん……」

その後もぼくは、今後どうすればいいか考えるのだった。

＊

その日、珍しく店員さんが顔を出したので、お茶を飲みながら世間話をする。

店員さんというのは辺境伯領に住む商人さんで、最初に王都のアクセサリーショップの店員として出会ったので、ぼくは今でも店員さんと呼んでいた。

見た目には穏やかな初老の紳士だけれど、ツインテールマニアなのが玉に瑕《きず》だ。

「辺境伯殿、領民全員ツインテール化計画は順調ですかな？」

「そんな計画を立てた記憶はありませんよ……？」

……いやホント、ツインテール以外はいい商人さんなんだよ？

若い頃は大陸中を行商したらしく、いろんな国の地理や歴史に詳しいし。

商売を通して、各国の政治や情勢の流れなんかを見る目も確かで。

有名な武器の産地から、ちょっとした値切りのコツ、美術品のニセモノの見分け方までいろんな事を知っていて、こうした世間話の時に披露してくれる。

こういう人が授業をしたら楽しいんだろうな……と考えてティンと来た。

「店員さんに、一つお願いがあるんですが」

「この老体にできることなら」

「新しくできる女騎士学園の分校で、店員さんに講師をして貰《もら》えないかって思いまして。どうでしょう？」

「……分校の講師、ですかの……？」

店員さんは、意外な申し出に戸惑っているみたいだ。

でもぼくとしては、考えれば考えるほどアリだと思う。

「生徒のみんなに、店員さんの知識をぜひ分け与えていただければと」

「ですがワシは、戦闘のことなど何も知りませんぞ……？」

「それは他でやりますので。女騎士になるには戦闘力も大事でしょうが、それ以外だっていろいろ学ぶものですし。それに諸国の事情や知識を、自分の感覚として持っている人は貴重だと思うんですよね。そういう生の知識を話してくれたなら、絶対に生徒のみんなが将来役に立つなって」

「……そのために、若い頃から行商していたワシを……？」

「店員さんにしか教えられないと思うんですよね」

ちなみに本来そんな講義は想定されてないので、講師のダブルブッキングになる心配は無かったりする。

「もちろん無理にとは言えませんが」

ぼくの言葉に、店員さんがしばし目をつぶって。

「──お引き受けいたしましょう」

「本当ですか?」

「辺境伯ほどの漢《おとこ》の中の漢に頼まれたら、断るわけにはいかんでしょうなあ。もしこれがよその連中から頼まれたなら、にべもなく断るところですが……」

「ありがとうございます!」

「その代わり、学校の女生徒の髪型で一つ相談が」

「やっぱりいいです」

「ほっほっほ。冗談ですぞ」

店員さんが言うと冗談に聞こえないので、止《や》めていただきたい。

「……しかし辺境伯殿。王立たる最強騎士女学園の講師に、ワシのような一介の商人など招いてもよろしいのですかな?」

「そこは平気です。こっちで全額出すことになってますし」

なので正式名称にも王立とは付いていない。

だからどんな講師を雇ってどんな講義をしようと、最終的には全部ぼくの責任。

しかもトーコさんに金銭的負担も掛けないし、国籍不明の庶民だって入学できるうえ、軍旧主流派が入り込む余地も無い。さらには商人さんみたいな、肩書きは無くても優秀な人材を活用できるなら万々歳だ。

我ながらナイスな判断だったと自画自賛する。

店員さんがほっほっほと笑いながら、

「辺境伯殿の運営する学校は、楽しい講義がいろいろありそうですな」

「――それですよ」

「ほっ？」

「実にいいアイデアです。さすがです店員さん！」

軍人でも学者でも偉い人でもない普通の商人が教える実践一般教養講座なんて、恐らくどの女騎士学園でもやってないように。

戦闘や魔法の分野でも、一風変わった民間人を講師に据えるというのは、それはそれでアリじゃないかと閃《ひらめ》いたのだ。

そりゃ、軍人らしさや貴族らしさは無くなるけれど。

そんなものが必要ならば、王都の女騎士学園に行けばいいわけで。

差別化として軍人っぽくない面を打ち出す軍事学校というのも、世の中に一つくらいはあってもいいんじゃなかろーか。

もちろん、それぞれの分野で有能なのは当然として——

というわけで考えた結果、店員さんの他にも頼んで回って。

戦闘教官を、うにゅ子。

魔術と薬学を、エルフの長老。

裁縫や料理関係を、メイドのカナデに教えてもらうことになった。

ちなみに、話が全部纏《まと》まってからリストをアヤノさんに提出したところ、なぜか盛大に立ちくらみを起こしたので、慌てて介抱したのだった。

9（ユズリハ視点）

計画からわずか一ヶ月で開校にまでこぎ着けた、辺境伯領の女騎士学園分校。

その開校式兼入学式に招かれたトーコは、それなりに機嫌が悪かった。

ユズリハとしては、その原因があからさま過ぎて苦笑しかない。

「ほら。機嫌直せ、トーコ」

貴賓席に並んで座るトーコに小声で囁《ささや》くと、抗議するように唇を尖《とが》らせてきた。

ちなみに今日は、ユズリハは分校の新入生でもあるが、それと同時にサクラギ公爵家の公爵代理として式に参加している。

なので壇上で来賓として、女王であるトーコの横に座っているというわけで。

「むーっ……」

「策士策におぼれるとはこのことだな」

トーコの計画では、王都の女騎士学園に在籍する優秀な生徒を引き抜いて、辺境伯領の分校に転入させるはずだった。

ところがどっこい。

送り出した精鋭たちは完全に自信を喪失して、みんな入学を辞退してしまったのだ。

「……まあ他の国から来た受験者たちもみんなリタイヤしたから、まだマシだけどさ……ったく、軍旧主流派《あのクソアホども》の目を盗んでこっちに勧誘してくるのすっごく大変だったたっつーのに……スズハ兄めぇ……」

トーコの恨み節にユズリハが苦笑しながら、

「どこの国も、スズハくんの兄上とワンチャン仲良くなりつつ強さのノウハウも盗もうと、若い精鋭女騎士を受験させていたからな。しかも見習いだなんて偽って……まあ、それが結果として仇《あだ》となったわけだが」

「スズハ兄の凄《すさ》まじさって、自分のレベルが高くなればなるほど痛感するもんね」

「まあアレだ。トーコが見繕った候補生たちは、才能があったということだ」

そう考えると、交換留学生と称して唯一無試験で女騎士を送り込んだウエンタス公国は、やはり見事な手腕と言えよう。

まるで、入学試験で惨劇が起こることを予期していたようだ。

ウエンタス公国のアヤノ大公は本当に優秀だ、とユズリハが再認識する。

「まあわたしは、生徒の人数なんて少ない方がいいと思っていたからな」

「そりゃスズハ兄に構って貰える時間が減るからでしょうが」

「否定はしない」

「ちょっとは否定しろっつーの……」

トーコがジト目でユズリハを睨《にら》む向こうでは、壇上で地元の商会長が祝辞を述べている。

こういう式典では偉い順番で祝辞を述べるので、女王のトーコと公爵代理のユズリハはすでにスピーチを終えていた。

トーコのスピーチは大変記憶に残るものだった。少なくともユズリハにとっては。

長ったらしいスピーチを嫌っているトーコが珍しく長弁舌を振るったあげく、その中に「女王として辺境伯と連携体制を密接に整え、継続した支援と協力を」などという台詞《せりふ》を六回も繰り返したので、トーコの大人げない胸の裡《うち》が見え透いてしまっていた。

「……それでユズリハ、入試の時にいったい何があったのよ?」

「聞いていないのか?」

「聞いたけど詳しくは分からなかったのよ……」

「わたしのお下がりのドレスを着て女装したスズハくんの兄上、滅茶苦茶可愛《めちゃくちゃかわい》かった」

「そういう楽しいことする時はボクも呼んでよね!?」

「いやあ、まさか本当にスズハくんの兄上がドレスを着てくれるとは思わなかったんだ。実にラッキーだったな」

「くっ……!」

そんな、歯ぎしりして悔しがるトーコの様子に。

スズハの兄の女装姿がいかに凜々《りり》しく、庇護《ひご》欲をそそり、まるで実の妹みたいだったか、何時間でも語り続けてやろうとたくらむユズリハだった。

＊

それなりに長かった開校式兼入学式も終わりに近づき。

後は講師を紹介して終わり、というところでトーコが聞いた。

「そういえばさ。分校の講師ってどう集めたの？」

「どういうことだ？」

「騎士学校の講師って、普通だと現役の騎士の中から選ぶじゃない？　でも辺境伯領には現役の騎士なんてほとんどいないし、だからどうしたのかなって」

「最初は負傷だの年齢だので引退して帰っていた元騎士らに頼もうとしたらしいんだが、結局はツテのあるスペシャリストに頼んだらしい」

「スペシャリスト？」

「わたしも詳しくは知らない。だがスズハくんの兄上のツテで頼んだと言っていたから、悪いようにはならないだろう」

「ふーん？　あ、出てきたみたい——っ⁉」

トーコが口をあんぐりと開けたまま固まった。さもありなん。

ユズリハだって、もし何か飲んでいたら噴水のように噴きだしていたことだろう。

だって、そこにいるメンツときたら――！

「な、ななな、なによアレはっ⁉　ユズリハどゆこと⁉」

見た目からして異常だ。でも中身は最高におかしい。

まず、なぜ壇上に伝説の種族エルフが二人もいるのか。

しかもそのうち幼女の方は、つい最近まで世界の災厄をやっていた最強ハイエルフ種で、
それがどうして女騎士学園の分校なんぞで講師をするのか。

裁縫や家事全般などを教えるというメイドのカナデの一挙手一投足が、むやみやたらと
凄腕《すごうで》暗殺者っぽいのも気になるところ。

その中で明らかに一般人なのは。

商業や社会情勢を教えるという老紳士だけではないか――

「な、ななっ、なななななっ――⁉」

「トーコ、どうした……？」

「あ、あああ、あれっ――！」

トーコが口をぱくぱくさせながら示す商人が、まさか番頭だとかキングメーカーだとか
呼ばれる、この国の商業を裏から支配する超大物だということなんてまるで知らなかった

ユズリハだけれど。

それでもトーコの指先が、この中で唯一マトモに見えたその商人に行き当たることを、三度見して確認すると。

——まあスズハくんの兄上の知り合いに、マトモな人間なんていないよな——

そんな、誰が聞いても「お前が言うな！」としか言われない感想を漏らしたのだった。

2章　庶民学

1

辺境伯領に女騎士学園の分校が開校して、一週間が過ぎた。

現在の生徒数は十三人。

スズハ、ユズリハさんの二人は当然として、自分を鍛え直したいのだと入学を希望した、異大陸から来た少女ツバキ。

それに、ウエンタス公国から交換留学生としてやって来た十人である。

現在の滑り出しはなかなか順調。

懸念《けねん》していた生徒数も、少数精鋭な感じで悪くないと思えるようになっていた。むしろ怪我《けが》の功名で良かったのかも……なんて。

できるだけ前向きに考えていきたいしね。

＊

ぼくは現状、学校の雑用をやりながらみんなを見守っている。

もちろんいずれは人を雇うつもりなので今だけだ。

いちおうは辺境伯であるところのぼくが、いくらアヤノさんたちが有能で暇だとはいえ、そんなことをしているのには理由がある。

その理由とは、ツバキの様子で。

やっぱり違う大陸から来たとなると大変だよね……なんて思いながら見ているうちに、なんだか調子が悪そうなことに気づいたのだ。

というわけで、話しやすいようにあえて軽い感じで聞いてみた。

「ツバキってばさ、最近元気ないよね。悩みがある感じ？」

「ああ、おぬしか……いやちょっとな」

「どしたん？　話聞こか？」

「……異大陸人に話しても分かるはずがないのだ……いやでも、おぬしなら信頼できるし、あるいは……」

ぶつぶつと一人考えていたツバキだったけれど、最終的には相談する気になったようだ。

というわけでお話を伺う。

「……悩みというのは、拙《せつ》の刀のことなのだ」

「刀？」

刀というのは異大陸でよく使われる剣の一種である。

こちらの押し斬る剣と異なり、敵を斬り裂くのが特徴。

なので切れ味はいいけど比較的折れやすかったり、血糊《ちのり》で斬れ味が鈍《なま》ったりしがち。

「見てみるのだ？」

「ツバキがよければ」

ツバキが腰に差していた刀を抜いて、ぼくに見せてくる。

僅かに曲線を描いた刀身は、波打つような刃文がてらてらと濡《ぬ》れて美しい。

そして明らかに、刀身そのものから不気味な、怪しい燐光《りんこう》が放たれていた。

間違いなく尋常な刀ではないと、素人目《しろうとめ》にも一発で分かる。

「こ、これは……？」

「拙の愛刀、人呼んでムラマサ・ブレード。見ての通り妖刀なのだ」

「妖刀⁉」

「そうなのだ。つまり呪われた武器――刀が血を求めるのだ」

つまりアレか。

その気も無いのに、刀に操られて人を斬ってしまうというヤツなのか。

「って、なんでそんな刀使ってるの!?　ていうか今まさに抜いてるし！」

「強い精神力で呪いに打ち勝ちさえすれば、この刀は最強なのだ」

「呪われし最強の武器……！」

なにそれ滅茶苦茶カッコイイ。

そんな伝説の武器を持っているツバキが、なにを困ることがあるのかと聞くと。

「――あっちの大陸にいるときは、戦争しまくってたので問題なんてなにも無かったのだ。生き血的に」

「問題だらけじゃないかなあ!?」

つまりそれって、血を吸わせまくってたってコトだよね。

凜々しい少女剣士みたいな顔して物騒にもほどがある。

「こっちの大陸に渡ってから、全く血を吸わせてないのだ。しかもこいつグルメだから、ゴブリンやオークの血だとペッてするのだ」

「抜かなければ問題ないんじゃないかな！」

「使い慣れた武器だし、最強の刀だから使いたいのだ……しかも最近は、抜いてないのに深夜に鯉口《こいぐち》がガタガタ鳴るのだ……超怖いのだ……」

「そりゃ怖いよねえ！」

そんなのツバキじゃなくても超怖い。ぼくだって嫌だ。

「そんな刀はホラ、どこかの宗教組織に奉納でもして、供養《くよう》してもろて」

「しかし刀は武士の魂なのだ……それにどうせなら高値で売りたいのだ……」

「強欲⁉」

「武士は食わねど高楊枝《たかようじ》……でも食べないと死んじゃうのだ……」

「まあ、それは確かに」

しかしそれは困ったね。なにかいい方法はないものか。

一般的には、教会とかで解呪なんだけど。

「それって、解呪できない複雑な事情とかがあったりするの？　解呪すると刀の斬れ味が凄《すご》く落ちるとか」

「無いのだ。解呪すれば斬れ味はむしろ上がるのだ」

「上がるの⁉」

「たぶん。拙の直感がそう囁《ささや》いているのだ」

まあツバキの直感が正しいかどうかはともかく。

そういうことなら、解呪するに越したことはないと。

「ちなみに、教会とかに持って行ったりは」

「当然したのだ。さじをぶん投げられたのだ」

「そうなんだ」

「なんかコイツのは、普通の呪いとは性質がまるで違うらしいのだ。詳しくは忘れたけど、刀身の斬れ味が凄すぎて、血を吸って自己再生にも利用してるとか言ってたのだ」

「……ふむ……」

再生、つまり治療って事か。

その話の方向だと、ひょっとしてワンチャンいけるかも……？

「ねえツバキ。相談なんだけど、その刀をぼくに売ってくれないかな？　とは言っても、今後もツバキが持っててていいから」

「そんなうまい話があるのだ⁉」

「ひょっとしたら爆発しちゃうかも知れないけど」

「そんな酷《ひど》い話があるのだ⁉」

「ぼくはどっちでも構わない。壊すつもりは無いけど、壊れる可能性があるのは事実だし。

ちょっと試してみたい事があってさ」

「……むむむ……」

ミスリル鉱山で得た利益からそれなりの金額を提示すると、ツバキは少し悩みながらも妖刀の所有権をぼくへと譲り渡した。

手痛い出費になったけれど、これで心置きなく実験できる。

「じゃあ慎重に——おおっと」

刀を抜くと、衝動的に人を斬りたくなる。ツバキの言ったとおりだ。

殺戮《さつりく》衝動を入念に抑え込んでから魔力を流す。

すると怪しく発光していた刀身が、真っ白な光に覆われていく。

「こ……これはなんなのだ⁉」

「治癒魔法だよ」

ぼくは治療術士じゃないけれど、限定的ながら独自の治癒魔法が使える。

もっとも完全に自己流かつ制御もロクに利《き》かないシロモノなので、極めて限定的にしか使えないけれど。

今回の場合は、その極めて限定的な状況に当てはまるんじゃないかと睨《にら》んだのだ。

なにしろ相手は妖刀で。

ならば人間相手のような、魔力コントロールは必要ないはず。

それに元々呪われた武器だし、失敗しても最悪で刀が爆発するだけでまあ諦めもつく。

そんなわけで、魔力をガンガン注いでみた結果――

「おおおっ⁉　やたっ！」

「……こ、この男……⁉　マジでやりやがったのだ……‼」

ぼくの注いだ魔力が、妖刀の魔力を変質させて呪いを無力化し。

狙い通りにムラマサ・ブレードを解呪できたのだった。

2

翌日の放課後。

女騎士学園分校の教室で、ぼくたちが見守る中でツバキがムラマサ・ブレードの刀身を抜くと、スズハとユズリハさんから「おおっ」という歓声が上がった。

「これが、兄さんの魔力を帯びた妖刀……！」

「うむ……！　光と闇が両方そなわり最強に見える……！」

二人とも凄い食いつきだった。やっぱり妖刀カッコイイよね。

「少しわたしも振ってみたいのだが、いいだろうか……！」

「わたしもお願いします！」

「し、仕方ないやつらなのだ……ほい」

まんざらでもない様子のツバキが刀を貸すと、二人が目をキラキラと輝かせながら刀を振ってみたり、決めポーズを取ってみたり。

慣れない武器のはずなのに、ちゃんと二人とも様になっているんだよなあ。

武器がカッコイイからだろうか。

もちろん、刀を貸したツバキも鼻高々だ。

「ふふふん。拙も苦労をして、異大陸まで来た甲斐《かい》があるというものなのだ」

「まあ、所有権はぼくにあるけどね」

「がーんなのだ⁉」

初めて聞いたみたいな顔をしてるけど、昨日その話をしたばかりだからね？

もちろん本気で取り上げる気は無いけど、慌てるツバキがちょっと面白い。

「じゃあお金返したら、売らなかったことにしてもいいよ？」

「……それが……借金の返済で全部消えちゃったのだ……リボ払い怖いのだ……」

ツバキがなぜかガタガタ震えていた。

ちなみにリボ払いというのは、追跡魔法を応用した金貸しのシステムらしい。詳しくはぼくも知らない。

横からスズハが納得がいったという表情で、

「なるほど。つまりツバキさんは、刀の解呪方法を探して異大陸からやって来たと」

「違うのだ」

「違うんですか⁉」

「拙がこっちの大陸に渡ってきた理由は、拙より強いヤツに会うためだったのだ……でも実際に来てみたら、拙よりも強いヤツがわんさかいて滅茶苦茶《めちゃくちゃ》ショックを受けたのだ……拙は伝説を確かめに来たのに、もうそれどころじゃないのだ……」

あるあるな話だよねえ。

地元では一番だったけど、都会に出るとまあ普通みたいな話。

なにせ都会には、それぞれの地元で一番だったヤツらが集まってくるわけだからして。

その中でさらに一番になるのは、ごくごく少数でしかないわけだ。

「でも、東の異大陸って意外に小さいんだね」

「そんなことないと思うのだ……？」

ツバキが首を捻《ひね》っている横からスズハが聞いた。

「ツバキさんは、元々この大陸の噂《うわさ》を確かめに来たんですか？」

「そうなのだ。兄様王《ターレンキング》伝説なのだ」

「──兄様王《ターレンキング》伝説？」

兄様《ターレン》っていうのが、アマゾネスが使う言葉なのは知ってるけど。

いずれにせよ、こちらでは聞いたことのない噂だ。

「それってどんな話なの？」

「そりゃあアレなのだ。歴史の舞台に突然現れたかと思ったら大陸のピンチを救い、」

「ほう」

「悪の手先に囚《とら》われた王女を助けて、」

「ほうほう……？」

「一国一城の主《あるじ》になった後はオリハルコンを掘り当てた──」

「…………」

その後、詳しく話を聞いてみて確信した。

ぼくの話が、雑に美化されまくったあげく異大陸まで流れてるんですけど──!?

「――その時、兄様王《ターレンキング》は朗々と啖呵《たんか》を切ったのだ。おれの女に手を出すヤツは、たとえ神だろうと許しはしない、と――！」

しかも、絶妙におかしなキャラ付けまでされていた。

楽しそうに語り続けるツバキを死んだ魚の目で見ていると、ユズリハさんがぼくの肩をポンと叩《たた》いて一言。

「わたしにいい案がある」

さすがは公爵令嬢、きっとナイスな解決策を出してくれるのだろうと期待していると、ユズリハさんがぼくとスズハにそっと耳打ちする。

「……アレはもう、いろいろ訂正せずにそのまま放っておこう」

「えええぇっ⁉」

まさかの放置プレイだった。

スズハもどうかと思ったらしく、ユズリハさんに囁きかえす。

「さすがにそれは……」

「だが考えてみろ。ここで懇切丁寧に誤解を解いたとして、その後はどうなる？」

「というと……？」

「ツバキは兄様王《ターレンキング》、つまりスズハくんの兄上と戦いに来た。だが実際はもう戦っていて、しかもコテンパンにやっつけられている」

「ぼくのこと兄様王《ターレンキング》って呼ぶの止《や》めませんか……？」

「話の流れ的に仕方ないだろう」

ユズリハさんが顔を上げて、ツバキに問いかけた。

「なあ、もしその兄様王《ターレンキング》に会えたらどうするんだ？」

「決まっている。戦って勝つ、それだけなのだ」

「だが兄様王《ターレンキング》は強いぞ、負けたらどうする？」

「勝つまで戦うのだ。それが武士の生き様なのだ」

「…………」

なるほど。

これは真実を話したら、とてつもなく面倒なことになりそうな気がする。

——というわけで、三人が目配せで意思疎通した結果。

ぼくがその珍妙な噂の当事者であることは、ツバキにはひとまず黙っておくと。

そういうことに決まったのだった。

3（ツバキ視点）

深夜の闇に隠れるように、ツバキが領都の外れを独り歩いていた。

もう閉店したとしか見えない酒場の扉を叩き、合い言葉を問われて一言。

「のばら」

「入れ」

ほんの少しだけ開かれた扉を、身体《からだ》を滑らせるように入って見回す。

そこにいるのは、平たい顔の男。

それは紛れもない、東の大陸に住む人間の特徴で。つまり。

この一見寂れた居酒屋は、東の大陸の間者が使う隠れ家だった。

「どうだツバキ、兄様王《ターレンキング》は見つかったか」

「まだなのだ。ていうか、拙《せつ》は今それどころじゃないのだ」

少し乱れた袴《はかま》を直し、ぎゅうぎゅうに締め付けた胸元のサラシを緩めて楽にしながら、ツバキは間者の元締めに答えを返した。

――兄様王《ターレンキング》伝説。

それは大海を越えて遥《はる》か東の大陸に伝わってきた、新たな神話。

かの異大陸で『兄様《ターレン》』と呼ばれし者の伝説。

その人物の名は定《さだ》かではなく、聞いたほとんどの人間がホラ話だと断定するシロモノだ。なにしろ活躍が荒唐無稽に過ぎる。

曰《いわ》く、絶対に失敗しない暗殺者から、公爵令嬢を救い出し。

曰く、魔物の大暴走を食い止めて、大陸を救い。

曰く、囚われの姫君を救い出した。

その他にもいろいろとおかしい伝説はあるが、その中に『ミスリルの大鉱山』に加えて、東の大陸でも幻となって久しい『オリハルコン』の名前まで出てくれば、眉唾だとしても調査せざるを得ないわけで。

そしていろいろ調べてみると、詳しいことは分からないものの、どうも全てが根拠無きホラというわけでもなさそうで。

ならば異大陸に調査役を送り、直接調査をする価値は大いにある。

そういう結論になった。

調査役として白羽の矢を立てられたのは、東の大陸で最強の武人と誰もが認める存在で、大陸統一国家樹立の原動力ともなった爆乳剣豪美少女ツバキ。

ツバキが任命された理由は単純にして明快。

戦争が終結した以上、大陸統一の英雄は、天帝ただ一人で十分だったから。

圧倒的すぎる戦闘力と名声を疎《うと》んじられたツバキは、表向きは兄様王《ターレンキング》を調査するため、実際は体《てい》のいい厄介払いをされて異大陸へと送り出された。

もっとも、ツバキ本人に異論があったわけでもない。

（大陸にはもう、拙の相手になる武士はいないのだ……）

強さの極限を目指す武芸者として、日常的により強い敵を求めてきたツバキはある日、自分が頂《いただき》の、そのまた頂点に位置することに気づいて愕然《がくぜん》とした。

だから。

異大陸に行けと言われた時、自分でも驚くほど未練が無かった。

その兄様王《ターレンキング》とやらがもしホンモノならば、自分と対等に戦える相手かも知れない……

ツバキはそう思ったのだ。

実際は、それどころではなかったのだが――

「この大陸の人間は強いのだ」

「は？　どういう意味だ、ツバキ」

「正確にはごく一部、途轍《とてつ》もなく強いヤツがいるのだ。しかも武人ですらないのだ」

目の前で間抜け面を晒《さら》す間者は、東の大陸でごく一般的な身体能力の男。

表の顔はバーテンダーである間者は、それなりに鍛えられてはいるが一般人の範疇《はんちゅう》だ。

ツバキがほんの少しその気になれば、三秒で元が人間だったと分からない肉塊へ変わる。

なんなら刀を使わないどころか、手足さえ使わず舌先だけで間者を始末することもできる。

それほどにツバキの強さは隔絶していた。

そしてそれは、ツバキにとって当然のことで。

——けれど、あの男はまるで違った。

「拙が全力で挑んでも、敵《かな》わない男がいるのだ」

「……それひょっとして、兄様王《ターレンキング》そのものなんじゃないか？」

「それが最初、執務室で雑用してたのだ。だから官僚だと思うのだ」

「官僚？」

「しかも左遷されたみたいで、最近は女騎士学園の分校でよく草むしりしてるのだ」

「じゃあ違うな」

ツバキも当然とばかりに頷《うなず》いた。

それが本当に兄様王《ターレンキング》なら、左遷先で草むしりなんぞしているはずがないだろう。

「それに、拙より強い幼女もいたのだ」

「はああっ⁉」

「事実なのだ。まだ五歳とか、そのあたりだと思うのだ」

「……ひょっとしてツバキ、呪いかなんかで滅茶苦茶《めちゃくちゃ》弱くなったとか……？」

「それは拙も疑ったのだ」

「で、どうだった？」

「調べるために拙はこの前、胸元のサラシを外して治安の一番悪い区域を練り歩いたのだ。でも何事も無かったのだ」

「いや、その調べ方は止めてさしあげて……？」

いくら辺境伯領の治安が良いとはいえ、ツバキほど凄《すさ》まじい爆乳美少女がそんな場所で胸元を見せつつ闊歩《かっぽ》すれば、チンピラや人攫《ひとさら》いがわんさか寄って来るわけで。

その上で何事も無いというのは、つまりまあ、そういうことなわけで。

「……まあそれはともかく、兄様王《ターレンキング》伝説について何か成果は」

「さっぱりなのだ」

伝説が果たしてどこまで本当なのか、それを確かめるのも目的の一つ。

そういうことになっている。

けれどツバキは実のところ、そこのところはまるで気にしていなかった。

兄様王《ターレンキング》の強さを確かめた上で、打ち倒すこと。

それは、自分にしかできない仕事で。

だからそれ以外の調査は、間者の領分だと割り切っていた。

もっとも……

「まあ、おれの方もさっぱりなんだけどなー。わはは」

ツバキの見る限り、目の前の男には基本的に間者のセンスが無い。

——それもそのはずで、この間者はそもそも、間者となる専門の訓練を受けていない。

つまり素人《しろうと》の真似事《まねごと》である。

ではなんで、こんな離れた異大陸で間者の真似事をしているかと言えば。

この間者が元々、東の天帝の追放された実弟だからである。

そのことを聞かされたとき、さすがにツバキも驚いたものだ。

「まあそれはそれとして、今後の話だ」

「拙は女騎士学園の分校で鍛え直すのだ。……せめて、この地であの男や幼女にくらいは勝てるようになりたいのだ」

「まあそらそうだな」

「なのでそっちは、情報収集を引き続き頼むのだ」

「あいあい。おれもたまには仕事しないとな——」

そう口にしながら、うんざりという表情をする間者だった。


——昨年の秋、王都で大流行した王女救出譚《たん》は、大陸中の吟遊詩人がよってたかって、様々なバリエーションを作りまくった。

そして戦争やクーデターで疲弊していた民衆が望んだものは、内容は多少荒唐無稽でも明るく爽快、スカッとするような痛快活劇で。

それに加えて、刺激に慣れた民衆はより過激な刺激を求めるもので。

そんな英雄譚の過激路線を決定づけたのが、ミスリルとオリハルコンと戦争の大勝利。

なにしろどんな吟遊詩人の想像をも上回る出来事が、実際に起きてしまったのだ。

その後、英雄譚がますます過激に過激を重ねまくってはや数ヶ月。

最新流行の英雄譚『新・三大大兄《ターレン》英雄伝説異聞～そして伝説へ～』によると兄様王《ターレンキング》は追放された亡国伯爵令嬢の男装姿で、仙人になって空を飛び、王国中のミスリルをみんなオリハルコンにして故郷の月へ帰る……という破天荒さがナウなヤングにバカウケという、もはや混沌《こんとん》としか表現しようのない状況だったのだ。

そして民衆の方も毎日ずっとそんな話を聞いていたせいで、英雄譚のどこまでが本当でどこからがウソなのかがよく分からない状態で。

そもそも庶民には貴族のように詳しい情報が流れてこないこともあり、話のこの部分はウソだ、いやそこは本当だって聞いたなどと、聞く相手によって言うことがまるきり違う状況なのだと言っていた。


……もっと前から真面目に情報収集しとけばよかったのだ、とは思いつつ。

煤《すす》けた背中を見せる間者に、さすがに同情を禁じ得ないツバキなのだった。

4

その日も女騎士学園分校で雑草を抜いていたら、たまたま通りかかった店員さんに声を掛けられた。

「……辺境伯殿がなぜこのような雑務を……？」

「まあ暇なので、分校の様子見がてら」

それから店員さんに大陸のツインテール事情なんかの話を聞いたあと。

「どうですか、授業の方は」

「ほっほっほ。みんな真面目な生徒ばかりで教え甲斐《がい》がありますぞ……たまに人食い虎に出くわすのだけは、心臓に悪いですがな……！」

最近分かったんだけど店員さん、メイドのカナデがどうも苦手らしい。

その苦手振りたるやもう、ひょっとしてカナデに命を狙われて絶体絶命のピンチにでもなった事があるのかってくらいで。

まあカナデは暗殺者じゃなくてメイドなので、そんな事があるはずもないけれど。

それはともかく。

そんな話をしていると、不意に店員さんがこんな提案をしてきた。

「ワシの授業もいいですが、辺境伯は授業をされないのですかな？」

「え？」

「この分校は、辺境伯領にあるのが最大の特徴。ならば辺境伯自身が授業をされるのが、一番の売りになると思いますがの」

「いやいや、ぼくが教えることなんか何も」

「これは商人としてのカンですがな……辺境伯が自らを全面に出した授業をされたなら、分校はもっと魅力的になりますぞ」

「うーん……？」

そんなことはないと思うけどなあ。

でも店員さんの長年の経験から来るアドバイスは、なかなか否定できるもんじゃない。ならば、ぼくの気づかない部分があるのだろうか。

「そんなもんですかねえ」

「辺境伯もこう言っていたではないですか、『女騎士に不要な知識など存在しない』と。女騎士の任務は戦闘以外にも潜入調査や暗号解読、要人警護など多岐にわたる——だからワシになんでも教えて欲しいと」

「言いましたね」

それは開校初日、どんな内容を授業すればいいかと聞かれたとき。

ぼくは店員さんに、女騎士に不要な知識など無いので、重要だと思ったことはなんでも教えて欲しいと頼んだのだった。

「でしたら辺境伯が教える知識も、無駄なことなど存在しないはずですな」

「——なるほど。いや一本取られました」

たしかに知り合いには講師を頼んでおきながら、自分は草むしりだけするというのも、あまり格好がつかないか。

ちょっと考えてみることにしよう。

*

ぼくも講義をしようかと話したら、あれよあれよという間に準備が整って。

なんでもアヤノさん曰《いわ》く「最初からその想定だった」とのこと。まるで知らなかったよ。

あと女騎士学園分校の事務まで任せちゃって申し訳ない。

考えた末、ぼくの講義内容は『庶民学』に決めた。

つまり、庶民ならではの知恵全般である。

正直、ぼくが自信を持って教えられることなんて、これくらいしか無いしね。

妹のスズハに戦闘を手ほどきするのとは訳が違うのだ。

それに女騎士はウエンタス公国も含めてほぼ全員が貴族出身だけど、女騎士ともなれば情報収集に酒場へ行ったり、貴族のお姫様を護衛しながら一緒に立ち食い蕎麦《そば》を食べたり、そこでお姫様から卵はツルッと啜《すす》るべきかそれとも潰して汁に溶かすべきか聞かれた時に適切な回答をしなくちゃいけないわけで。

ならば庶民学は女騎士に必要な履修科目であると、胸を張って断言できる。


ちなみにぼくの身分については念のため、城から派遣された事務官吏ということにした。

庶民学を教えるのが辺境伯じゃ、あまりに説得力に欠けるしね。

ツバキ以外の全員にはバレバレだけど、そこは気分の問題なのだ。

ぼくの実状なんて雑用係みたいなものだし。


講義初日。

最前列にスズハとユズリハさん、ツバキ、後列にはウエンタス公国の交換留学生たち。

みんな熱心に聞いてくれて嬉《うれ》しい。

最初の講義ということもあって、ぼくは張り切って講義した。

庶民に人気のある美味《おい》しい食堂の見つけ方。

庶民向けの蕎麦屋と貴族街の蕎麦屋の違い。

庶民とカツ丼。

庶民とぶぶ漬け召し上がりますか。

そして講義の最後、庶民の戦い方について話すことになって。

「──庶民の戦い方は、貴族の戦い方と根本的に違う。その理由は目的の違いです」

ぼくは一同を見回して、

「貴族の戦いは、基本的に争いに勝つことが目的にあって、対人戦がメインとなります。でも庶民が戦い方を身につけるとき、その目的は基本的に食料調達とか害獣駆除のためで、戦う相手も必然的に獣となります。ここまでで質問は？」

「兄さん、女騎士の任務にも害獣討伐がありますよ？」

「うん、スズハの言うとおり。だからこそ庶民の戦闘技術を学ぶことは、女騎士にとって悪くないかなと。どうでしょうユズリハさん？」

「ふむ……確かに騎士の戦闘訓練は、戦場や一騎打ちなどで活躍するための対人戦訓練がどうしてもメインとなる……それでは魔獣討伐で支障をきたす、だから庶民の戦闘技術も積極的に取り入れようということか……！」

さすがユズリハさんは理解が早い。

なんかいい感じに纏《まと》まった、と思ったところで疑問の声が上がった。

異大陸から来た武芸者ことツバキだ。

「でもそんなの、あんまり役立つと思えないのだ？」

「ん？　どうして？」

「だって庶民が斃《たお》せるのなんて、せいぜいゴブリンとかオークとかなのだ。でも女騎士が討伐するのはオーガとか、ヘタすれば魔獣とかだから、強さが全然違うのだ」

「なるほど。いい質問だね」

庶民のことをあまり知らない貴族なら、出てきてもおかしくない疑問。

ウエンタス公国からの留学生たちも、何人も首を捻《ひね》ってるしね。

それに対するぼくの答えは単純明快。

「庶民でも頑張れば魔獣を斃せるよ？」

「それはウソなのだ⁉」

「いや本当に」

もちろん庶民なら誰でもできるわけじゃないし、むしろかなり珍しいだろう。

けれどまあ。

だからって庶民の戦い方を学ばないというのも、もったいないと思うわけで。

「そういうことならツバキたちの誤解、生粋《きっすい》の庶民であるぼくが解いてあげよう」

——そんなわけで、庶民でもそれなりに強い魔獣を狩れることを見せるため。

庶民学の講義二回目は、みんなで魔獣討伐に行くことになった。

5

そして翌週。

アヤノさんから貰《もら》った魔獣目撃情報マップを手に、ぼくらは女騎士学園分校を出発した。

参加者はぼくの他にはスズハとユズリハさん、それにツバキ。

残念ながら諸事情により、ウエンタス公国から来た皆さんは不参加となってしまった。

仮にも魔獣討伐ということで、留学生的にいろいろ制約があるんだろう。

ということでアレだ。

スズハは当然として、ユズリハさんもぼくを通して庶民事情をよく知っている。

ならばツバキに、庶民とはどういうものかきっちり教えてあげよう。


「そういえば、ツバキさんは貴族なんですか？」

山道を進みながら聞くスズハに、ツバキは首を捻って考え込む。

「拙《せつ》は武士だから、貴族といえば貴族……なのだ？」

「どっちですか」

「身分制度が違うから……こっちの騎士と同じ程度なのだ？」

「すると、下級貴族くらいですかね？」

「そんなもんだと思うのだ」

年齢の近いスズハとツバキはすっかり仲良しのようだ。喜ばしい。

そして残るユズリハさんといえば。

なぜかぼくに肩車されて、快適な移動スタイルとなっていた。

じつに楽しげにぼくの肩の上で揺れるユズリハさんに、恐る恐る聞いた。

「……なぜユズリハさんは肩車を……？」

「そんなことは決まっているさ。キミはツバキにこの遠征を通して、庶民のなんたるかを学ばせるつもりなんだろう？」

「ええまあ」

「だから肩車だ。いいか、未婚の処女《おとめ》が生脚を剝《む》き出しにして男子の首に巻き付けるなぞ、貴族同士なら熱烈な求愛行動と見られてもおかしくないのだぞ？」

「えええええっ⁉」

「しかし庶民ならばそのような厄介な誤解も発生しない。自由だ。だからわたしは敢《あ》えて、ツバキに肩車を見せつけているのだよ。だからわたしがキミにいつでも肩車されたいとか、隙あらばキミに素足を密着させたいと常に考えているだとか、そういう卑《いや》しい女だなんて決して、か、勘違いしないように……！」

「そういうことでしたか」

頭上から聞こえるユズリハさんの声音は、明らかに羞恥を含んでいて。

つまりユズリハさんはツバキを教育するために、ぼくに肩車されるという羞恥プレイを自ら率先して行っているわけだ。

……でもそれはそれとして、ぼくとしてはやっぱり気になるんですよ。

だって動くたび、ユズリハさんのたわわが頭上でバインバイン状態だもの。

それにユズリハさんの太ももって、滅茶苦茶《めちゃくちゃ》に鍛え抜かれた上でしなやかさを失わない至高の芸術品で、それが左右からぼくを圧迫しているわけでね。

つまり心臓にとても悪い。

ここは妹のスズハにでも代わってもらって、ぼくの心を落ち着かせたいのだけれど――

「うん？　スズハくんのことは気にしなくていいぞ、なにしろわたしがじゃんけんに勝利……もとい、スズハくんはツバキくんと話をしたいと言っていたからな。邪魔をするのも無粋だろう」

「そうですか……」

そういうことなら仕方ない。

前を歩くスズハがなぜか恨みがましい目を向けてきたけれど、気のせいだろう。

*

昼食は滅茶苦茶ラッキーだった。

山を抜ける途中で、なんとポイズンボアを仕留めたのだ。

こいつはイノシシの珍しい変異種で、毒を持っているが非常に美味《うま》い。

毒のある内臓を丁寧に取り除いて、じっくりと焼いた肉にかぶりつく。

「さすが兄さんです！　見た目はワイルドなのに焼き加減が絶妙です！」

そうスズハが手放しで絶賛する横で、

「美味《うま》し！　美味し！」

語彙力をどこかに落としたユズリハさんが、絶叫しながら父親譲りの暴れ食いをし、

「う、美味い肉なのだ……！　いかにも肉って肉なのだ……！」

ツバキが涙にむせびながら、一心不乱にかぶりついていた。

そうしてあっという間に肉を全部食べ尽くして。

「ふう……ぽんぽん一杯なのだ……」

満足そうに腹を撫《な》でながら呟《つぶや》くツバキに、ぼくは「ちっちっちっ」と指を振った。

「ここに毒入りの内臓があります」

「ばっちいのだ。早く捨てるのだ」

「それは貴族的発想だね」

「はえ？」

「庶民はね、それが美味しいなら食べるんだよ」

「でも毒なのだ⁉」

やれやれだね異大陸ガールは。まるで分かっちゃいない。

「考えてみてよ。ぼくたちは日々、なんのために鍛えてるのさ？」

「どう考えても毒を食べるためじゃないのだ」

「そりゃそうだけどさ。でも使えるものはなんでも使う、これが庶民のしたたかさだよ。鍛えた胃腸を有効活用するとかね」

「こ、これが異大陸の、庶民……⁉」

「あー、ツバキくんは何か勘違いしてるようだが、それが普通なわけ……まあいいか」

ユズリハさんが何か言いかけて止めたけど、取りあえずは横に置いといて。

さっと下処理をして臭みを取り、ついでに可能な限り毒抜きをする。

今日はレバニラを作ることにしよう。

やっぱり、庶民ならではの料理といえばレバニラだよね。

下拵《したごしら》えしたレバーを炒《いた》めると、食欲をそそる匂いがしてくる。

「お、美味《おい》しそうなのだ！　でも毒なのだ……？」

「平気だよ。鍛えてれば多分耐えられるし、もし当たってもギリセーフなラインだし」

「具体的にはどれくらいなのだ……？」

「腹痛で一日のたうち回るくらいかな」

「絶妙なラインを攻めてくるのだ⁉」

「まあぼくみたいな庶民だと、美味しければその程度なら迷わず食べちゃうけどね」

「異大陸の庶民、恐るべしなのだ……！」

ぼくの言葉に、ツバキがわなわなと打ち震えている。

そこまでたいしたことを言ったつもりも無いけどね？

ちなみにユズリハさんは、なんかツバキが誤解してそうだけど面倒だし都合もいいから黙っていよう――みたいな悟り顔をして。

対してスズハは、コメくいてーって顔してた。

まあ肉といったら白いメシだからね。気持ちは分かる。

そしてレバニラが出来上がると、みんなが「ほわぁ……！」って顔で覗《のぞ》き込んできた。

暴力的なまでに美味しそうな匂いがプンプンしている。

正直ぼくも、早く食べたくて仕方ない。

「に、兄さん！　なんですかこの素敵料理は……！」

「わたしには分かるぞキミ……この料理は滅茶苦茶美味いか、超絶ウルトラマーベラスに美味すぎるかの二択だ……！」

「も、もう辛抱たまらないのだ！　拙は毒でも喰《く》らうと決めたのだ……！」

みんなにも大変好評のようだ。

けれどぼくには食べる前に、言っておかなきゃいけないことがある。

「えっとユズリハさん、念のために言っておきますが」

「なんだキミ？　ひょっとして美味しい食べ方の伝授か？　そ、それとも、わたしにだけさらにスペシャルな特別追加料理のご提案が……⁉」

「逆です。ユズリハさんはこれ、食べちゃダメですからね」

「――なぜだッ⁉」

「公爵令嬢に毒を食べさせるわけにいかんでしょうが」

「そんなバカなッッッ‼」

ユズリハさんはゴネにゴネたが、当然食べさせられるわけもなく。

ぼくとスズハとツバキで、美味しくいただいたのだった。

最終的にユズリハさんが一番ダメージを受けていたけれど、ぼくのせいじゃないと思う。

6

野を越え山越え二泊三日、やって来ました魔獣の棲息地《せいそく》。

もう少し到着まで時間が掛かると思ってたんだけど、みんな体力があるから早く着いた。

まあ訓練がてら、ずっと山駆けで進んだしね。

というわけで人里から遠く離れた、険しい山奥で。

ぼくたちは獲物のコカトリスを遠目から観察していた。

コカトリスの外見は、巨大でブサイクなニワトリである。美味しそうですね。

ツバキが不思議そうな顔で聞いた。

「なんでこんな人里離れた場所に、コカトリスがいると分かったのだ……？」

「ミスリルの密輸で、無茶なルートで密入国をしようとした盗賊が見つけたって聞いたよ。もちろんそいつは捕まったけど」

「それより兄さん。コカトリスって言えば、この前サクラギ公爵領で狩った魔獣ですよね。視線と吐く息に石化作用があるっていう」

「おっ、よく憶《おぼ》えてるねスズハ」

「はい！　兄さんの作ったコカトリスの焼き鳥が、ほっぺが落ちるほど美味しかったので鮮明に覚えています！　あんなに美味しい焼き鳥がこの世にあったのかと！」

「……えっと、スズハ……その話は後で……」

ぼくを見るユズリハさんが怖すぎる。

サクラギ公爵領で魔獣討伐した時、ユズリハさんは公爵邸で書類仕事だったんだよね。あの時は相当恨まれた。

まあ実際は恨まれたのはぼくじゃなくて、仕事を押しつけた家宰さんだったけれど。

ユズリハさんの方をできるだけ見ないようにして、

「ではツバキ、ここでクエスチョンです」

「なんなのだ？」

「もし庶民がコカトリスに遭遇したら？」

「泣きゲロ吐きながら逃げるに決まってるのだ。ていうかそれしか無いのだ」

「まあ普通はそうかも知れないけどね……じゃあ魔獣を狩ることのできる、特殊な訓練を積んだ庶民なら？」

「それはもう絶対に庶民じゃないのだ」

「そんなことないよ？」

断言すると、ツバキに胡散臭《うさんくさ》そうな目で睨《にら》まれた。なぜなのか。

「本当だってば。結局は庶民かどうかなんて、仕事が何をしてるかってことなんだから。というわけでツバキ、ぼくの仕事は？」

「官僚だったけど干されたのち左遷されて、今はしがない分校の雑用係……なのだ？」

「……いろいろと言いたいことはあるけど、ぼくが軍人とかじゃないのは確かでしょ？つまりぼくは庶民だってこと」

実際は辺境伯だから、庶民とは言えないんだけどね。

でもそれは偶然が重なった事故みたいなもので、実質的には庶民なのでヨシ！

まあそれはともかくとして。

「ならツバキ。逃げるのは無しで、庶民がコカトリスと戦うとしたらどうする？」

ぼくが聞くと、ツバキがううむと考えることしばし。

「考えられるのは一つだけ……青春と太陽大作戦なのだ」

「なにそれ？」

「青春と太陽大作戦は、過去を振り返ることなく栄光の明日に向けて無我夢中に突き進む、とても美しい作戦なのだ。具体的には相手が動かなくなるまで棒でひたすらぶっ叩《たた》くのだ。余計なことを一切考えないのがコツなのだ」

「それダメだよねえ⁉」

「拙《せつ》の死んでいった仲間たちが、こよなく愛した作戦なのだ」

異大陸のアレな作戦事情なんて知りたくなかった。

「話を変えよう。ツバキならどう倒す？」

「拙なら……石化しないよう目を閉じて、心眼で敵を捕捉しつつ息を浴びぬよう回り込み、心臓目がけてチェストォォ！　するのだ」

「はい誤チェスト」

「どういう意味なのだ⁉」

「庶民失格ってことだよ」

心臓を潰すなんて、そんなもったいないことを庶民はしない。

コカトリスの心臓《ハツ》刺しを、ゴマ油でいただいたときの美味さといったら……じゅるり。

あのえも言われぬ美味を知らないとは、所詮はお子ちゃまということか……！

「おぬし、ヨダレが出ているのだ？」

「はっ」

ついトリップしてしまった。これは失態。

失敗を誤魔化すように、ぼくは音も無くコカトリスへとダッシュする。

「なっ⁉ 疾《はや》っ――」

そのまま手刀で、コカトリスの首を刎《は》ね――ッッッ⁉

…………ぽすん。

「コ、コケーッ⁉」

コカトリスが驚いてジタバタしているが、そんなものどうでもいい。

「……はあ……」

その場で暴れるコカトリスを尻目に、落胆を隠すことなく肩を落として戻ったぼくに、
スズハたちが慌てて駆けつけた。

「ど、どうしたんです兄さん⁉」

「……あのコカトリスは……食えない……」

「ええっ⁉」

「近くで見たら、ゾンビ化してたんだ……」

長い年月を生きる魔獣は、ごくまれにゾンビ化することがある。

初期ならまだいい。むしろ肉が熟成して美味しくなることもしばしば。

けれど、近くから観察したあのコカトリスは、ところどころ皮膚が腐れていた。しかも羽毛の隙間から見える肉が醜く膨らんでいる箇所も。あれはもう完全に中期以降の症状だ。

つまり食えない。

日程と場所の関係で、今から他の魔獣を討伐に行くのも不可能だ。

ぼくが説明すると、明らかにガッカリするスズハとユズリハさん。

「兄さん、コカトリスの焼き鳥は無くなってしまったのですか……!?」

「な、なんだとっ……わたしの焼き鳥が……!?」

「いや二人とも、他に悩むところがあると思うのだ……?」

ツバキが冷静に異論を申し立てているので、いちおう聞いてみる。

「なにがあるのさ?」

「だってゾンビ化なのだ！　タダでさえ強い魔獣が、倍以上強くなるのだ！」

「ああまあそうねえ」

「まるでやる気が感じられないのだ!?」

そりゃあそう。

だってコカトリスが二倍とか三倍強くなっても、所詮はデカいニワトリなわけで。

「コカトリスがそのまま、ていうかますます暴れてるのだ⁉」

「さー、帰るよー」

「心配いらない。始末しといたから」


——そうして、ガッカリしたぼくたちが帰り道につくその背後で。

コカトリスが、大爆発を起こしたのだった。

たとえ食べられなくても、魔獣に出会ったからには退治しないとね……はあ。

「これが異大陸の庶民の実力……⁉　な、なんて凄《すさ》まじすぎるのだ——‼」

なぜか驚愕《きょうがく》におののくツバキの手を引いて。

ぼくたちは肩を落として、領都へと戻っていくのだった。

7（異大陸の間者視点）

深夜、領都の外れにある酒場で。

表の顔はしけた酒場のバーテンダー、裏の顔は異大陸の間者である異大陸天帝の実弟は、内心だいぶうんざりしながらツバキの熱弁を聞き流していた。

「もう超激ヤバなのだ！　激ヤバぷんぷん丸ムカチャッカファイヤーなのだ！」

「あーはいはい」

ツバキは普段、実際の年齢が十代半ばなどとはとても信じられないほど、大人顔負けの戦闘力と乳のデカさと落ち着いた態度を持つ少女である。

しかし一旦その余裕が崩れると年相応、もしくはそれ以上に取り乱す悪癖があった。

とはいえ、東の異大陸で最強の剣豪と呼ばれていたツバキを乱れさせるような事象なぞ、この世界に幾つも存在しない。

少なくとも、間者はそう思っていたのだが――

「とりあえず落ち着け。酒……はダメだからクリームソーダでいいか？」

「それどころじゃないのだ！　でもアイス増し増しでお願いしますのだ！」

「はいはい」

酒場にある中で一番でかい、金魚鉢サイズの器を氷と甘い炭酸水で満たして、その上に親の敵《かたき》みたいにアイスを盛り付けて差し出すとズゴッッ！　ズゴゴゴゴッ！　などと、まるで建設現場みたいな音を立てながらツバキがクリームソーダを貪った。

そして、あっという間にアイスまで食べ尽くして満足そうな顔を見せると、

「ふう、ごっそさんなのだ。じゃ」

「待てや」

とりあえずツバキは落ち着いたようだ。そう間者は判断する。

ならば仕事の話をするべきだろう。

「もう一度最初から、順を追って説明してくれ。まずは分校の講義の一環で、野外演習に出掛けたってことでいいのか？」

「そうなのだ！　ちなみに講義は『庶民学』なのだ！」

「庶民学……？」

この大陸には、実にけったいな学問があるもんだなと首を捻《ひね》る。

この大陸のどこを探しても庶民学なんて講義がある学校は一箇所だけしか無いことを、不勉強な間者が知るはずもなかった。

「で、その行き先がなぜか魔獣討伐だったと」

「そうなのだ！」

「……なんで庶民が魔獣討伐？」

「庶民でも魔獣討伐ができることを証明するためなのだ！」

もうここら辺から間者の常識は拒否反応を示すのだが、なんとか続ける。

「念のため確認するが、その庶民学の先生ってのは、生粋《きっすい》の庶民なんだよな……？」

「でなけりゃ女騎士学園の分校に左遷されないのだ」

「だよなあ」

むしろどんな不始末をしたのか気になるほどだ。機会があったら調べてみたい。

「しっかし、庶民が魔獣討伐ねえ……どうやるんだ？」

「拙も疑問だったのだ。青春と太陽大作戦くらいしか思い浮かばなかったのだ」

「ツバキも好きだなそれ」

とはいえツバキはというよりも東の大陸の武士はどいつもこいつも、頭を空っぽにして突撃するのが大好きすぎる。

そんなことだから情報が軽視されたあげく、上層部の独断で戦争が始まるのだ。

「で、実際に斃《たお》せたのか？」

間者が聞くと、ツバキが真顔でぐいと顔を近づけた。

「斃したどころの騒ぎじゃないのだ！」

まあそうだろうと間者は思う。

そうでなければ、ツバキほどの武芸者がこれほど大騒ぎするハズがない。

「そもそも最初からおかしいのだ。公爵令嬢をずっと肩車して、拙たちと同じスピードで険しい山道を駆け抜けたのに、汗一つ掻《か》いてないのだ」

「そいつは体力自慢だな」

「昼には、毒入りのモツでレバニラ作ってたのだ。滅茶苦茶《めちゃくちゃ》美味《おい》しかったのだ」

「それは……意地汚いだけじゃないのか？」

「拙だけおなかピーピーになったのだ……鍛え方が足りないのだ……」

「毒と分かってるものを食うんじゃないよ」

まあそこは本題じゃないので、軽く流しておく。

「で、魔獣はコカトリスだって？」

「なのだ！　視線と息で石化させる、恐ろしい魔獣なのだ！」

なるほど、東の大陸のコカトリスと変わらんらしい。

「じゃあ、そこのところを詳しく」

間者が促すと、ツバキが「ごきゅり」と唾を飲み込んでから。

「……あれはもう、人間業じゃないのだ」

「ふむ？」

「だってコカトリスを一撃で倒したのだ⁉　しかも素手のヘロヘロパンチだったのだ！

なのに、お前はもう死んで候《そうろう》って感じで、背中を向けて立ち去った瞬間にコカトリスがばばんばーって大爆発したのだ‼」

　正直、とても信じられない話だ。

　庶民が魔獣を倒すのはまだいいとしよう。軍人より強い民間人というヤツだ。

　しかし一人で、しかも一撃では常識的にあり得ない。

　目の前のツバキだって、東の大陸では比類無き圧倒的強さを誇る武芸者だが、それでも単独でコカトリス、しかもゾンビ化した個体の討伐は相当苦労するはずだ。

　しかもそれは、妖刀を計算に入れた上での話だ。なのにその男は素手だという。

「ちなみに……その時、一緒にいた女騎士学園の生徒はどうしてた？」

「コカトリスが食べられなくてショックを受けてたのだ」

「そこなんだよな……」

　残る二人が全く慌てていないというのもポイントで。

　つまりそれが、当然の結果だと認識していたことに他ならない。

　目の前にいたのが、伝説の兄様王《ターレンキング》ならばまだしも。

　ただの左遷された官僚が、コカトリスを一撃で倒しても驚いていないこと。

　……ということは……？

それが普通とまではいわなくとも、それほどまでの戦闘力を持った庶民の存在が、この大陸では日常的だということになる……??

「いやそれ、マジで言ってるのか……?」

「どうしたのだ? ぽんぽん痛いのだ?」

「……論理的思考を推し進めた結果が、到底あり得ない結論に至って混乱してる」

「バカの考え休むに似たりなのだ」

「うっさい」

——まさか庶民を自称する草むしり左遷男こそが、英雄譚《たん》に伝わる兄様王《ターレンキング》その人で。

しかもバカみたいに強い幼女の正体は、軽く千年以上は生きたハイエルフだとか。

そんな確率の低すぎる偶然にぶち当たったただなんてさすがに思いつかない、まっとうな思考の間者は……

「……一つ確実なのは、この大陸の連中に戦争をふっかけるのはヤバすぎるってことか。

クソっ、あのアホ兄がなんて言うか……!」

とりあえず、和平の方向に話を持っていこうと決心したのだった。

8（トーコ視点）

深夜のサクラギ公爵邸。

トーコが机上の資料を並べながら、サクラギ公爵と長い議論をしていた。

その内容は――東の大陸国家は、こちらに攻め込んでくるか否《いな》か。

そしてそろそろ、その結論も出る頃合いとなっていた。

「……やっぱり、攻め込んでくる可能性が濃厚だよね……？」

「お前の持ってきた情報が正しければ、そうなるだろうな」

異大陸と国交のある国は無い。それは事実だ。

しかし民間レベルでは僅かながら探検家や商人、それに酔狂な旅行者の往来があった。

いつの時代も変わり者、もしくは命を粗末にする若者はいるものだ。

なにしろ彼らの大部分は、大海原で魔獣に襲われたら全力で船を漕《こ》いで逃げるという、無理無茶無謀の詰め合わせ三点セットなのだから。

普段なら、そんな連中のことは気にしない。

なぜなら異大陸の重要度が低すぎるうえ、分析しても結局分からないことが多いのだ。

しかし今回は違った。

こちらと東の大陸を往来する人間の流れに、ハッキリとした特徴が出ている。

「ったく、どこのバカよ……オリハルコンを売りやがったのは……」

トーコがこめかみを揉《も》みながらぼやくと、

「小規模国家ならば、欠片《かけら》ほどのオリハルコンで数年分の歳入に匹敵するだろうからな。まああの男の土産を売り飛ばすなど、よほど剛毅《ごうき》でもなければできんだろうが」

「スズハ兄本人は気にしなそうなのがなおさらだよね……そりゃボクだって、饑饉《ききん》とかで大ピンチだったら売り飛ばすけどさ……！」

スズハの兄がウエンタス公国との調印式で配った、オリハルコンの欠片。

実際には武器や防具を作れる大きさでもなし、伝説の金属という以上の価値など無く、だから配っても問題など生じない……はずだった。

まさか、異大陸に売り払おうとは。

「いや、その可能性も考えたけどさ……でもいつの間にか統一国家樹立されてましたとか、あの時点で分かるわけないじゃん……！」

「それはそうだな」

政治において、あらゆる可能性を考えることは不可能だ。

だから思考をある程度で見切って決断しなければならない。

そしてあの時、異大陸の動向にまで思考を張り巡らせるのは不可能だろうというのが、二人の共通認識である。

「ではその点を踏まえて、今後どうするつもりだ？」

「うーん、基本的には様子見だよねえ……正直まだこっちの早とちりの可能性もあるし。動向がおかしいのも、もし異大陸で政変があったとかならボクたちには分からないしね。それと並行して情報収集の続行かな」

「そんなところだろう」

「ワンチャン、スズハ兄に見に行ってもらうってのも考えたけど……」

「異大陸は遠すぎる。それにあの男がいない間に、我が国が攻められる可能性は高い」

「だよねー」

それほどまでに上質なミスリル、そしてオリハルコン鉱脈の価値は絶大なのだ。

いずれにせよ、今はアンテナを張って待つしかない。

なので公爵は、もう一つの懸念《けねん》事項に意識を切り替える。

「女騎士学園の方はどうなっている」

「んー……公爵も知ってるでしょ、バカどものネガキャン」

「まあな」

辺境伯領の女騎士学園分校については、使われなくなっていた修道院を再利用したうえ優秀な職人を集中的にかき集めたため、僅か一ヶ月で開校にこぎ着けられた。

女騎士学園の軍旧主流派が気づいたときには、全てが終わっていた状態である。なので文句を言う暇さえ与えなかった。

なのに軍旧主流派が諦められず、ブチブチとネガティブキャンペーンをしているわけだ。

その内容も稚拙なもので。

庶民に軍事が分かるはずないとか、庶民にまともな教育はできないとか。

トーコがふんと鼻を鳴らして、

「まともな人間から白い目で見られてるのが分からないのかなー？」

「今の軍最高幹部は、みなあの男に心酔しているからな」

「ボクの近衛《このえ》なんかガチでそれだからね。騎士団総長が目を血走らせながら、毎回ボクに『処します？　処します？』って聞いてくるの、軽くホラーなんだよ！」

「処せばいいだろう」

「処すって一体どうするつもりさ⁉」

とはいえトーコとしても、どれだけ処してやろうと思ったか分からない。

けれど、トーコがぐっと我慢した理由がある。それは。

「……王都の女騎士学園に、あんまりまともな人材入れたくないんだよね……」

そこだけ聞けば酷《ひど》い話だが、サクラギ公爵は真意を理解していた。

「遷都か」

「そう。将来的に、女騎士学園は今の分校だけにしたいから。ここで王都の女騎士学園を正常化しちゃうと、スズハ兄なら絶対遠慮しちゃうもん」

「今いる生徒に恨まれないか？」

「そこはさすがに、全面的にフォローしといたからさ。あとは軍部の問題」

「そうか」

「言っとくけど、すっごい大変だったんだから！」

そう、大変だったのだ。

学習意欲のある生徒を纏《まと》め、男の騎士学校に話を付けて間借りしたりウエンタス公国に交換留学生として送り出したりして、そのうち成績トップ層の一部生徒は、スズハの兄の女騎士学園分校を受験させたりした。

そして見事に、その全員がココロ折られてしまった。

シクシク泣きながら実家に帰る、修道院に入ると言いだす優等生たちを引き留めるのに、トーコがどれだけ苦労したことか。

……後からウエンタス公国の交換留学生は、わざと遅れて試験日に到着させなかったと聞いたとき、自分もそうすればよかったと本気で後悔した。

「それにさ。なーんかあいつら、不穏な動きがあるのよね……」

その後、軍旧主流派がどれだけバカか盛り上がって。

その日はお開きになったのだった。

*

翌日、トーコがいつものように政務に励んでいると。

「東の異大陸からこのような書状が」

「えっ……？」

大臣に渡された手紙を見ると、異大陸の大陸統一国家天帝の実弟から送られた書状で。

現在こちらの大陸に滞在している天帝の実弟が、こちらの大陸を賞賛するとともに天帝が軍事侵攻する恐れがあると警告する内容だった。

トーコとしても、天帝に追放された実弟がいることは摑《つか》んでいた情報で。

その実弟がこの大陸に追放され、今は辺境伯領に住んでいること。

実弟に名目上、まだ権力が残っていること。それは肩書きまで引き剝がすことに対して抵抗が強い、つまり存在感が消えていない証拠である。

そして実弟こそ国のトップに相応《ふさわ》しいとする勢力が、今でも異大陸に残っていることも、トーコがその存在を憶《おぼ》えていた理由だった。

ぶっちゃけ、東の異大陸のトップをすげ替えるならコイツだと目していた人材である。もしくは重鎮に寝返りを仕掛ける役とか。

だからトーコは、興味深く書状を読んでいたのだが。

「……なによこれ……？」

読み進むにつれ、トーコの困惑が色濃くなっていく。

書状の後半部分は、もしも天帝が実際に侵攻してきたその時は、自分が命を懸けてでも食い止めたいというもので。

まあそこまではいいとしよう。

問題は『この国の庶民にすら勝てるわけがない』と書かれた先で。

この国の庶民は頑強で大変素晴らしい、などと激賞されているのはともかくとしても、庶民が魔獣討伐も簡単にこなす――という文言が続けば。

その内容が示す庶民は、たった一人に絞られるのだった。

「スズハ兄ってば、とうとう異大陸にまで手を伸ばしちゃったの——!?」

そんな、本人が聞けば心外だと否定するに違いない言葉が。

王宮の執務室に、思い切り響き渡ったのだった。

3章　辺境伯寮母さん爆誕と、女王即位一周年記念式典

1

開校したばかりの女騎士学園分校には、学生寮が付属している。

もともと修道院だった場所を改装したこともあり、最初から生活用の建物があったのでそのまま活用することにした。

それに寮があれば、こんな辺境でも少しは入学しやすくなるし。

現在ではウエンタス公国からの交換留学生とツバキの合計十一人が寮で生活していて、一人の寮母さんが食事などの世話をしていた。

その寮母さんが倒れた。


「……ギックリ腰？」

アヤノさんからの報告を、すぐには理解できずに聞き返すと。

「はい。寮母さんが、夕食の入った寸胴を持った時にズドンと」

「ありゃま。大丈夫なのかな？」

「担《かつ》ぎ込まれた診療所によれば、三日も安静にしてれば復帰できるそうです」

「そりゃ良かった」

「今日の夕食は準備できていたので大丈夫ですが、明日から復帰までの間は寮内の食堂を閉鎖しようかと」

「臨時で人を雇えないかな？」

「難しいですね。身元がしっかりしている人でないといけないので」

「なるほど」

まあ確かに、臨時で人を雇ったらスパイだったとか暗殺者だったとかじゃ困るもんね。かといって身辺調査はすぐにできないし。

——ふむ。そういうことならば。

「じゃあ、ぼくが臨時で寮母さんになるよ」

「閣下がですか⁉」

「うん。今はアヤノさんたちのおかげで忙しくないし、何かあったらすぐ戻って来られる距離だしね。どうかな？」

「……問題は無いですね。途方もない人材の無駄遣いという点を除けばですが……」

なんだか、アヤノさんが釈然としない顔つきになっているけど。

ぼくとしても、寮生活の実態を知るいい機会だしね。

決して書類仕事から逃げているわけではないですよ……？

「じゃあそういうことで」

というわけで、ぼくが臨時で寮母さんになることが決まった。

ちなみに男の場合は、本当は寮母さんじゃなくて寮長とか寮監とか言うみたいだけど。

まあ臨時なので。


耳が早いというか、分校から帰ってきたスズハとユズリハさんが、すぐにぼくの元へと走り寄ってきた。

「兄さん、明日から分校の寮母さんになるんですか？」

「キミ、その場合の食事はどうなるのだろうか！　そしてお泊まりは⁉」

「ええと、寮母さんが戻ってくるまでは寮で寝泊まりするつもりなので、ユズリハさんは街中の食堂にでも――」

「イヤだ！　断固としてわたしも寮に泊まるぞ！　もちろん食事もキミと一緒だ！」

「わたしもです、兄さん！」

「そ、そうなの……？」

たまには街のレストランで食べればいいと思うけどなあ。

＊

翌日もいつものように分校で雑用をしていると、いつもとは空気感が違っていることに気づいた。

上手《うま》くは言えないんだけれど、浮《うわ》ついてるというか。

生徒たちが小声で、噂話《うわさばなし》を囁《ささや》きあっている感じというか。

いったい何があったのかなと首を捻《ひね》っていると、交換留学生たちと話していたツバキがとてとてと歩いてきた。

「おぬし、今日は拙《せつ》らを夜這《よば》いしに来るというのは本当なのだ？」

「そんなわけないよねえ⁉」

「巷《ちまた》ではもう話題沸騰なのだ」

「今すぐ否定してきてくれないかな⁉」

「むう……仕方ないやつなのだ……」

ツバキが口を尖《とが》らせながらも戻っていって、ウエンタス公国から来た留学生と話すと、またこちらに歩いてきて一言。

「みんな、おぬしが誰とベッドインするか知りたがっているのだ。さあ白状するのだ」

「だからしないよ⁉」

「そうなのだ？　まだ決まっていないということなのだ？」

「そもそも予定そのものが存在しないから！」

「ふむ」

首を傾《かし》げながらツバキがまた戻っていった。

それからウエンタス公国からの留学生と話してまた戻ってきたツバキが、

「おぬしの好みは清純派の白か？　それともアダルツな黒か？」

「うにゃあぁぁ！」

「ど、どうしたのだ⁉」

どうしたもこうしたもあるかと言いたい。

そりゃあ奇声の一つもあげたくなるってもんだ。

「ていうか、なんでツバキは伝書鳩《でんしょばと》みたいになってるのかな！」

「おぬしに聞きたいが聞く勇気が出ないと皆が言うのでな、代わりに聞いてやったのだ。

拙は勇気あふるる武士なのだ」

「その勇気は一生でなくていいやつだと思う」

「そうなのだ？」

「そうなのです」

そんなものかと納得するツバキ。

出会ってまだ少ししか経《た》ってないけど、ぼくの知る限りツバキの美点は素直なところだ。

欠点は素直すぎるところ。

「というわけだから、ぼくはそろそろ食事の支度を——⁉」

——その時、ぼくは気づいてしまった。

ぼくとツバキのやり取りを、こっそり盗み聞きしている何人もの生徒。

校舎や木の陰に隠れているから顔は分からないけど、そこにいるのは分かる。

そして。

そのうちの一人が、思いっきりユズリハさんだということに。

「うわあ……」

ていうか、一番近いところで聞き耳を立てているのがユズリハさんだった。

顔は見えないけれど間違いない。

なにしろ、建物の陰から胸元が思いっきり飛び出しているのだ。

その特徴的すぎるシルエットを作り出せる女性が、世の中にどれだけいるというのか。

「……いや、この分校には三人いるか」

「どうしたのだ？」

「なんでもない」

盗み聞きなんて公爵令嬢に相応《ふさわ》しくない挙動をしている怪しい人影が、ユズリハさんと決まったわけじゃない。

けれどツバキは目の前にいるので、当然ながら除外。

するとユズリハさんじゃなければ、消去法でスズハになるけれど。

スズハは性格的に、聞きたいことがあれば直接ぼくに聞いてくるタイプだと思うんだ。

うーん……

もしユズリハさんだとしたら、放っておくわけにもなあ……

というわけで確かめてみることにした。

さりげなさを装《よそお》いながら、そっと呟《つぶや》く。

「……相棒」

びくうっ！

滅茶苦茶《めちゃくちゃ》動揺しまくっていた。

残念ながら、あれはユズリハさんで間違いないという気がする。

ユズリハさんは相棒願望が強いので、それ系の単語に過剰反応してしまう癖があるのだ。

でも念には念を入れて、もう少しだけ確かめてみようか。

「……生まれたときは違えども、死ぬときは同じ日、同じ時を願う……！」

びくびくうっ！

「ぼくは絶対に、相棒を見捨てたりしない……死んでも護《まも》ってみせるッ――！」

びくびくびくっ……‼

「おぬし、さっきから何を言ってるのだ？」

「いやちょっとした実験を」

「滅茶苦茶楽しそうなのだ」

「……ソンナコトナイヨ……？」

ちょっと念を入れて確かめてただけで、楽しいコトなんて無かったはず。

釣り上げたばかりの魚のように地面でビチビチとのたうち回るユズリハさんが愉快で、つい調子に乗って続けたなんて事実は存在しない。きっと。

でもまあ、今日の夕食はユズリハさんが大好きな、肉たっぷりカレーにしようかな。

そう心に決めたぼくだった。

2

夕食時。

食堂に集まったみんなにカレーをよそうのは、当然ながらぼくの役目だ。たまたまいたメイドのカナデも手伝ってくれる。

ここでちょっとした一工夫。

相手の生徒を観察して、渡すカレーを微調整するのだ。

「はいどうぞ。少し辛めにしておきました」

「え、どうしてわたしが辛《から》いの好きって分かったんですか⁉」

「なんとなく分かるんですよ。次の方は……少しヨーグルト混ぜておきますね」

「わっ！　そうです、ちょっと酸味のある感じが好きなんですよ！」

「お次の方、酒癖が悪いですね」

「カレーと関係ないですよね⁉　当たってますけど！」

こんな感じで、コミュニケーションも取れて一石二鳥である。

交換留学生のみんながカレーを暴れ食いする様子を眺めながら、女騎士の食欲は国境を越えるんだなあとか思っていたら。

なぜかカナデが、キラキラした目でぼくを見ていた。

「さすがカナデのご主人さま」

「なにが？」

「みんなの情報を、いつのまにか手にいれてた。こっそり調べた？」

「そんなことしてないよ」

王都にある有名なカレー屋さんは入ってきたお客さんを一目見て、どれくらいの辛さが好みか瞬時に判断するのだが。

そして辛さ別に作り分けたカレーの中から、その人に最適な辛さのカレーを出すという。

もちろんお客さんに辛さの好みを聞くこともなく。

今回はそれを真似《まね》してみたわけだけど、概《おおむ》ね上手く行ったみたいだ。よかった。

そんな話をすると、カナデはなぜかますます目を輝かせて。

「……つまり、ご主人さまに見られただけで、情報をぬすまれるということ……！」

「人聞きが悪すぎる⁉」

「ご主人さまに見られたら、カナデの恥ずかしいひみつを知られたもどうぜん……つまりカナデがまいにち洗濯前にご主人さまの衣服をくんかくんかしていることも、あまつさえたまにぺろっとしていることも、まるっと全部エブリシングお見通し……！」

「知らないよ！　ていうかそんなことしてたの⁉」

「………………というのはうそ」

「雑すぎるごまかし方はやめようね⁉」

知りたくなかったメイドの闇を聞かされてショックを受ける。

どうしたものかと頭を抱えていると、

「……ご主人さまはなにか勘違いをしている」

「なにをさ？」

「一流の陶芸家は、土のよさをたしかめるために、土を口に入れたりする」

「ああ、それは聞いたことあるかも」

「それとおなじ」

「じゃないと思うなあ！」

「……カナデは一流のメイドとして、洗濯するものをたしかめるためぺろぺろしてるだけ。だから勘違いしないでほしい」

「それってつまり、カナデはメイドとして最高の洗濯をするために、あえてみんなの服を洗濯前にペロッとしてる……ってコト⁉」

「ご主人さま以外のなんてなめるはずない。ばっちい」

「話が矛盾してないかなあ⁉」

そんな会話をしていると、残りの鍛錬居残り組も帰ってきた。

スズハとユズリハさん、それにツバキの三人。これで全員揃《そろ》ったことになる。

もっとも寮の夕食はみんなバラバラに食べているので、遅くても問題はない。

「ただいま帰りました、兄さん！」

「今日はカレーか……キミのカレーは絶品だからな。楽しみだ」

「初めて聞く料理なのだ。なんか見た目とにおいが凄《すご》いのだ……」

おや、ツバキはカレーを食べたことが無いらしい。

異大陸にカレーが存在しないのか、ツバキが知らないだけかは分からないけれど。

ともあれ三人のカレーをよそう。

スズハはニンジンが好きじゃない……けれど無視して普通によそい。

ユズリハさんは自分からは絶対に言わないけれど大の甘いもの好きなので、ハチミツを多めに混ぜた甘口ユズリハさんスペシャルを提供する。

ツバキはコメが好きそうなので、ごはん多めに。

さてどんなもんかと見守っていると、一口食べたツバキが立ち上がって。

「こ、この美味《うま》い食べ物はなんなのだ⁉」

「兄さん特製カレーですよ」

「この大陸には、こんなに美味いものが普通に存在するのか……⁉」

「いえ、普通には存在しませんね。兄さんの手作りですし」

「スズハくんの言うとおりだな。スズハくんの兄上の手料理はどれも最高だが、なかでもカレーはキングオブキングス、頂点を狙える器《うつわ》。しかも豊富なバリエーションがある」

「そうなのだ⁉」

「ああ。から揚げカレーにハンバーグカレー、豚しゃぶカレーなどどれも極めて美味い。そして忘れてはならない王道、カツカレー……」

「ほわぁ……」

なんか滅茶苦茶期待してる目が、ぼくに向けられる。

「あの、凄く言いにくいことが……」

「見てくださいユズリハさん！」

そう言ってスズハが示したのは、奥のテーブルで食べている二人組。

ああスズハ、なんて余計なことを……

案の定ユズリハさんが食らいついて、

「なっ……あそこで食べているのはハンバーグカレー、その横は明らかにカツカレーだ。どういうことだ⁉」

「あ、あのさ、二人とも……」

「きっと兄さんはお代わりすることを見越して、飽きがこないよう味を変化させるためにハンバーグやカツを後出し提供するスタイルなのでしょう」

「なるほど！　よし、そうと分かればすぐに食べるぞ！　そしてお代わりだ！」

「むっ、拙《せつ》も負けないのだ！」

「いやみんな、ちょっとぼくの話を聞いて……」

「すまないキミ、今だけは黙っていてくれ。わたしはもの凄く急いでいるんだ」

聞く耳を持たない三人は、音速でカレーを完食。

そして当然のように、ぼくの目の前に皿がドンドンドン！　と三つ置かれて、

「お代わりです兄さん！　トッピングはカツとハンバーグとから揚げを所望します！」

「わたしもお代わりだ！　ちなみにわたしは、キミの作ったトッピングを選別するという失礼な行為はできない！　なので全部乗せてくれればいいぞ！」

「拙は奥ゆかしいので、肉系だけ全部乗せてくれれば大丈夫なのだ！」

もはや何を言っているのか分からない。

ていうかユズリハさんとツバキは、失礼と奥ゆかしいの基準がおかしいと思う。

まあいずれにせよ、ぼくの答えは一つしか無くて。

「それがね、えっと……完売しちゃって」

「「「はい？」」」

「これでも、かなり多めに作ったつもりだったんだけどさ。余ったら明日食べればいいと思って……でも寮母さんに聞いてた分量よりも、今日はみんなが倍以上食べたんだよね。みんなはぼくのカレーが美味《おい》しいから、って言ってくれたんだけど」

「「「…………」」」

「そういうわけで、三人が食べたのが最後だったんだよ。本当はスズハが言ったみたいにいろいろトッピングも用意してたんだけど、全部食べられちゃって」

「な、なんてことだ……！」

がっくりと膝をつくユズリハさんに申し訳ないと思いつつ、

「いや、それでもユズリハさんたちの分は確保しておいたつもりだったんですが……」

そう言って、ぼくがちらりと後ろを見た。

……そこにいるのはロリ爆乳褐色銀髪ツインテールの、メイド服を着た泥棒猫の姿。

言うまでもなくカナデである。

しかもいつの間にか、幼女姿のうにゅ子までいた。さっきまでいなかったのに。

二人とも、リスみたいに膨らんだ口の中にはハンバーグだのから揚げだの豚しゃぶだの、ありとあらゆる肉が詰め込まれていた。

ついでにほっぺには、カレーソースがばっちり付いていた。

ぼくたちに気づいた二人は、視線を合わせたまま口をむぐむぐと動かし咀嚼《そしゃく》したのちごっくんと飲み込んで一言。

「さすがご主人さま、とても美味しかった。じゃ」

「うにゅ！」

「――二人とも、ちょっと話を聞きたいんだが……？」

うわあ。

幽鬼のように迫るユズリハさんが、鬼の形相で凄く怖い。

ツバキも妖刀の鯉口《こいぐち》切ってて、いつでも抜ける体勢だし。

スズハは……二人の背後に回って逃げ道塞いでる。兄としてナイス判断だと賞賛したい。

さすがに命の危機を感じたらしい二人が後ずさって、

「ここは、メイドりゅう戦略的いちじ撤退……！」

「うにゅー！」

そうして逃げ出した先には、当然スズハが待ち構えていて。

お縄になった二人は、ユズリハさんたちからキツいお仕置きを受けることになった。

公爵家直伝のお仕置きを目《ま》の当たりにしたぼくは、ただ震えながら目を背けることしかできなかった。

……まさかあれほどとは。あのカナデがマジ顔で反省してたし。

いやあ、公爵令嬢って本当に恐ろしいですね。

3

食事の後には、せっかくぼくがいるのだからという話になり、即席でマッサージ講座が開かれることになった。

なんでもウエンタス公国の一部界隈《かいわい》で、ぼくのマッサージが話題になっているんだとか。

どこから聞いたのか確かめてみると、どうやらトーコさんからウエンタス大公を経由して話が伝わったらしい。

それでみんな興味を持ったとのこと。

なのでぼくも、帰国したときに話のタネにはなるかもということで、マッサージ講座を開くことに同意したのだった。

ちょっと広めのホールには生徒全員のほかにぼくと、なぜかメイドのカナデもいた。

「カナデはどうしてここに？」

「ぼつとして、マッサージのお手伝いするように言われた」

「なるほどね。でもそれならうにゅ子は？」

「たべすぎでおねむ」

満腹になった後に眠くなるのは、人間もエルフも同じらしい。

というわけで講座を始める。

「今日はまずぼくのやり方を見て、それからみんなで復習してもらおうと思います」

『はいっ！』

ハキハキした返事が重なって、いかにも女騎士見習いって感じ。いいね。

「じゃあまず、見本でぼくのマッサージを受けてくれる人は……」

『はいはいはいッッッ‼』

一瞬でそこにいる全員の手が、ずびしっと上がった。

とくにウエンタスからの留学生が凄《すさ》まじい意気込み。なぜだ。

「じゃあえっと、一番後ろの……」

　適当に留学生から一人を指名しようとすると。

「ちょっと待ってください、兄さん」

「スズハ？」

「兄さんの繊細かつ大胆なマッサージを完璧に披露するには、やはり受ける側も最大限の慣れが必要とゆうもの。なのでわたしが受けるのが最善かと」

「そ、そうかな……？」

　限界まで攻める際《きわ》どいマッサージまでは予定してないので、気にしすぎだと思うけど。

でも兄のことを考えようとしてくれる姿勢が嬉《うれ》しい。

「じゃあスズハに頼も――」

「ちょーっと待ったぁ！」

　ちょっと待ったコールだ。なんだろう？

「ユズリハさん、どうかしましたか？」

「そのだなっ、わたしとキミは唯一無二の相棒なわけだからして、つまりキミが手ずから行うマッサージはできる限りわたしが受けるべきかと思うのだ！　もちろんわたしもその代わりに、公私にわたりキミを一生マッサージし続けると誓おう！」

「えっと、ありがとうございます……？」

「いえユズリハさん、その立場は兄さんの妹であるわたしが担《にな》うべきかと」

「そ、そんなことはない！　だいたいスズハくんは羨ましすぎ——」

そこからスズハとユズリハさんの二人で、なんだか分からない争いが始まってしまった。

困ったな。こうなるとぼくは何もできない。

仲裁しようとしたこともあるけれど、そのたびに二人で「兄さんは黙っててください」「キミは邪魔しないでもらえるか。これはそう……女の戦いなんだ……！」とか言われて失敗するのが常なのだ。

どうしようかと思っていると、カナデがぼくの袖を引っ張ってきた。

「どうしたの、カナデ？」

「ここはカナデがひとはだ脱ぐ」

「というと？」

「生徒のだれかを選ぶからもめる。カナデを選べば問題なっしん」

「な、なるほど……？」

「まちがいない」

理屈はよく分からないけれど、自信満々のカナデが言うのだから大丈夫だろう。

というわけで、ぼくのマッサージを受ける役目はカナデに決まった。

スズハとユズリハさんが、またしても泥棒猫を見るような目でカナデを睨《にら》んでいたけど、気づかなかったことにしようと決めた。

＊

マッサージ講座が終わったカナデは、立っているのもやっとの状態だった。

「ねえカナデ、大丈夫？」

「……しゅ、しゅごい……さすがカナデのご主人さま、はんぱない……！」

「ごめんね、ちょっとやり過ぎたかな？」

「そんなことない……今にも天にのぼりそう……ヘブンじょうたい……」

「それって死にかけだよねえ⁉」

仕方ないのでお姫様抱っこでカナデを運ぶ。

このままカナデを連れて帰るより、ゆっくり休ませてから帰した方がよさそうだ。

「ごめん。カナデなら慣れてるから、ハードコースでも大丈夫だと思ったんだけど」

ハードコースとは要するに、日頃スズハにやっているようなマッサージだ。

どれくらいハードかと言うと、貴族の女子がやってるとバレたらお嫁にいけないくらい。

なにしろ見た目が悪すぎる。

だって、尻の穴に指を突っ込んでるように見えたりするし。

「まさか向こうから要求してくるとは思わなかったよ……」

女騎士学園に通う生徒は、スズハやツバキのような例外を除いて、普通は貴族の出身で。

なので最初はソフトコースの、誰かに見られても大丈夫なマッサージをやっていたのだ。

けれどそこでクレームが入った。

なんとウエンタス公国で流れる噂話《うわさばなし》は、ぼくのマッサージが滅茶苦茶《めちゃくちゃ》激しいことまで伝わっていたのだ。

トーコさん、よその国でいったい何を話してくれてるのかと問い詰めたい。

しかもスズハが「その通りです。兄さんの本気は、こんなものではありません」などと火に油を注ぐ余計なことを宣《のたま》って。

その横でユズリハさんも、したり顔で何度も頷《うなず》いた結果。

結局ぼくは、カナデを使って全力の本気マッサージを披露することになったのだった。

その結果がご覧の有様《ありさま》である。

全力のマッサージとは、受ける方も施す方も疲れるものだ。

それでも眠って明日になれば、疲れは完全に取れているはずだけど。

「カナデはマッサージ、痛くなかった？　大丈夫？」

「へいき。きもちよすぎて、くたくたになっただけ」

「ならよかった」

カナデの表情も本当にだらしのないネコみたいで、主人のぼくに遠慮して我慢している様子は無い。

スズハのように毎日ではないけれど、ぼくはカナデもマッサージしたりすることがある。

カナデに仕事で頑張ったご褒美《ほうび》を聞くと、だいたいフルコースのスペシャルマッサージを要求してくるのだ。あと模擬戦闘。

だからカナデも、マッサージが嫌いじゃないんだと思う。

けれどそれ以外の時に、カナデからマッサージを求めてくることはない。

スズハやユズリハさんなんて、下手すれば一日に何回も要求するのに。

「カナデってさ、いつもはぼくにマッサージしてって言わないよね？」

「うん」

「でもマッサージが嫌いなわけじゃないんでしょ？」

「もちのろん。むしろ大好きすぎて、とうといまである」

「普段は遠慮してるのかな？」

「……えんりょではない。メイドがご主人さまに手ずからマッサージを要求するなんて、普通はありえない」

「そりゃごもっとも」

とはいえ、ちょっとばかり寂しいと思う。

だってぼくの中で、カナデはすでに家族の一員なのだから。

でもカナデのプロ意識を否定するつもりもないわけで。

だからぼくは、代わりにこんなことを言った。

「じゃあさ。主人のぼくから、一つ頼みがあるんだけど」

「どんとこい」

「カナデが凄《すご》く疲れたりとか、今日はとっても頑張ったっていう時には、遠慮せずぼくにマッサージして欲しいって頼むこと。いい？」

「……それって……！」

「もちろんぼくも、忙しくてダメなときはあるけどさ」

「……わかった。カナデはできるメイド。ご主人さまのお願いをまっとうする」

「うん。よろしく」

というわけで。

その後は月二回程度の頻度で、カナデはぼくにマッサージを頼むようになるのだけれど、それはまた別の話。

4（ツバキ視点）

衝撃のマッサージ講座が終わった後、寮の大浴場でツバキは物思いにふけっていた。

（あれはいったい何だったのだ……⁉）

膝を抱えた格好で湯船に入り、口元まで浸《つ》かっているお湯を時たまぶくぶくさせながら、ツバキは先ほどまで見ていた光景を思い出す。

ツバキは観察眼が鋭い。少なくとも常人よりはずっと。

観察眼が真価を発揮するのは限られた分野に限定されるものの、例えばツバキは戦闘で、相手の動きを筋繊維一本に至るまで把握できる。

ツバキが戦場で生き延びることのできた、妖刀と並ぶ自慢の能力だ。

そして、そのツバキの観察眼だからこそ。

スズハの兄のマッサージの凄まじさが、浮き彫りになっていた。

（あの男の指は、メイドの筋肉を隅々まで過不足なく、限界までほぐしていた……！）

当然の話だが、筋肉の付き方や肉質なんて人によって千差万別。

それを限界までほぐそうとすれば当然、極めて繊細な微調整が必要で。

少しでもオーバーしてしまえば、逆に筋肉を痛める結果になるだろう。なのに。

（あの男は、少し触っただけで完璧に把握したのだ……！）

ドヤ顔をかましていたスズハのように、日頃から揉《も》んでいるならまだ分かる。

しかし、あのメイドをマッサージするのは久しぶりだと言っていた。事実だろう。

だというのに、あの男はメイドの筋繊維の一本一本を完璧に、限界ギリギリを見極めて揉みほぐしたのだ。それがどれだけ途方もない技術なのか。

それを為《な》したのが伝説の英雄だとかならまだ理解できる。

だが恐るべきことに、その男はただの左遷された草むしり男なのだ――！

（……もしも東の大陸とこの大陸で戦争したら、ぺんぺん草の一本も残らず負けるのだ。

レベルが違いすぎるのだ……）

この大陸の強さのレベルが異常に高すぎることは、コカトリスの討伐で十分すぎるほど思い知らされていた。

しかし真に注目すべきは、強さを支える圧倒的技術力だったのだと戦慄する。

――東の大陸において、その圧倒的な戦闘力で国家統一の原動力ともなったツバキは、自分の戦闘力を過不足なく認識している。

それは自分が二、三人もいれば、それだけで東の大陸など軽く征服できるというもの。

しかし。

この土地だけでも、ツバキと同程度かそれ以上の戦力が四人もいる。

スズハとユズリハ。そしてそれよりも、ずっとずっと強い幼女に……そして草むしり男。

過剰戦力もいいところだ……

そんなことを湯をぶくぶくしながら考えていると、一斉に息を呑《の》む音が聞こえて。

そちらに目を向けて納得した。

スズハとユズリハの二人が入ってきたのだ。

二人とも普段は寮に寝泊まりせず帰るので、寮の大浴場は使わない。だからツバキも、二人の裸を見たことはなかった。そして留学生の面々も。

二人を見て愕然《がくぜん》とする留学生たちの反応は、ツバキには見慣れたものだった。

圧倒的に絞られたスタイルへの賞賛も、冗談みたいに突き出た胸元への羨望《せんぼう》と嫉妬も、ツバキへの反応とまるで同じだったから。

（ふん。本当に見るべきところは、そこじゃないのだ……）

ツバキは留学生たちを一瞥《いちべつ》すると、二人へ向かって進軍を開始した。平泳ぎで。

そして。

「……ツバキさん。お風呂《ふろ》の中で泳ぐのはマナー違反ですよ？」

「ごめんなさいなのだ」

ツバキは大きい風呂で泳ぐことが大好きで、東の大陸でもよく怒られたものだった。

この大陸ならワンチャンいけると思ったけれど、やっぱりダメだったとしょんぼりする。

今度は誰もいないときに泳ごう。

身体《からだ》と髪を洗い終わったスズハたちが湯船に入ると、ツバキと合わせて湯にスイカ大のおっぱいが六つ並んで浮かぶ。なんだかシュールだ。

しかし改めて、乳ばかり見ているヤツはセンスが無いとツバキは思う。

仮にも武士ならば、スズハの裸体で注目すべきはおっぱいではない。

見た目こそ目立たないものの、信じられないほど上質できめ細かいその筋肉で――

「じーっ……」

「な、なんですかツバキさん？」

「これは間違いなくＡ５ランク……うんにゃ」

「え？　え？」

「もはや史上初のＡ６ランク認定、待ったなしなのだ！」

「なんのランクですか⁉」

「拙《せつ》は肉ソムリエなので」

ちなみにＡ５ランクとは、東の大陸における牛肉の最上級ランクである。

人間に使っていい基準では断じてない。

「むむ……やはりこれは、あのマッサージの……？」

「えっと、ツバキさん？」

そして目線はすぐ横のユズリハへ。

「こっちは……ううむ……」

「今度はわたしか？」

やはり間近でじかに見比べると、大きさはともかく筋肉の質そのものはスズハが頭一つ抜けているように感じる。

それにしたってユズリハも、スズハを除けば桁違いでナンバーワンなのだが。

「二人とも、ずっとマッサージを受けているのだ？」

「兄さんのですよね。わたしは子供の頃からずっと」

「スズハくんが羨ましいよ。わたしはここ一年とちょっとだな」

「やっぱりなのだ……！」

マッサージを受けた年月と肉質に、明らかな相関関係がある。間違いない。

やはりここは、ガチで追求しないといけない。

なので恥を忍んで頼むことにした。

「折り入って、二人にお願いがあるのだ」

「え、なんです？」

「二人のおっぱい揉ませて欲しいのだ」

「「えええええええええええええええええッッッッッッ!?」」

二人が本気で驚いているが、ツバキとて伊達《だて》や酔狂で言ったわけではない。

――その昔、ツバキは東の大陸で一番と謳《うた》われた牛飼い名人を訪ねたことがある。

そう言えば、あの名人も牛に毎日マッサージをしていると言っていた。

その時は「そんなもんか」と流していたが、まさかここで繋《つな》がるとは。

そして別れ際《ぎわ》、名人がこんなことを言っていた。

本当に素晴らしい肉の牛は、乳を揉んでみれば全てが分かるのだ、と――

「――だから拙は、どうしても二人の乳を揉みしだきたいのだ！」

そう言って必死の形相で両手を合わせるツバキに、二人は戸惑いを隠せない。

なに言ってんだコイツ、という心の声が聞こえてきそうだ。しかし。

「――うむ。まあ、ツバキの言いたいことは分かった」

「ユズリハさん……？」

「じつはわたしも、スズハくんに同じ事を思ったことがある」

「ユズリハさん⁉」

「勘違いしないでほしい。スズハくんの身体は、スズハくんの兄上が十数年掛けて育てた至高にして究極の肉体……心ゆくまで全身を触りたいと思うのは、当然の心理じゃないか。決して百合《ゆり》的なアレではなく」

「えええ……」

「わたしもそうだが、スズハくんも女子に胸を揉ませてくれと言われたことがあるだろう。減るものじゃないとか言われてな。そんな時はどうしていた？」

「兄さん以外に触らせると減るので、全部お断りしました」

「ただの独占欲じゃないのか……？」

「気のせいです」

そんなツバキたちの会話に、大浴場で入浴していた留学生らがさりげなさを装《よそお》いつつも滅茶苦茶《めちゃくちゃ》聞き耳を立てていたのだが、それはさておき。

その後ツバキの必死のお願いと、ユズリハの援護が重なった結果。

ついにスズハが白旗を揚げた。

「……じゃあ、三人で揉み合うということで……」

決め手はツバキが名人直伝の牛肉見分け方を特別に教えることと、ユズリハが実家から取り寄せた最上の肉でバーベキューをしようと提案したこと。

決して食べ物に釣られたわけではない、はずだ。

ツバキの学術的探求のための真摯な要求に、スズハが応えた結果なのだ。たぶん。

「じゃあ、行きますのだ……！」

ツバキがしごく真剣な表情のままで、両手をスズハの胸元の前でわきわき動かすというシュールすぎる絵面になった次の瞬間。

ふにょん。

「ふおおおおお――――ッッッ⁉」

なにこれ。すっごく柔っこいのに弾力がすんごい。

「あんっ……こ、このっ、お返しです！」

真っ赤な顔のスズハが、仕返しとばかりにツバキに襲いかかり。

「おい二人とも、もう少し静かに……ひゃんっ⁉　や、やったなあっ⁉」

二人を止めようとしたユズリハが巻き添えを食らって、そのままキャットファイトへと移行して、三人が大暴れしたその結果。

大浴場の浴槽が半壊し、壁に穴が開く大惨事となったのだった。

もちろんその後、全員しこたま怒られた。

5

ギックリ腰をやった寮母さんが復帰するのと入れ替わるように、王都からトーコさんがお鮨《すし》とともにやって来て。

食堂でスズハたちが、前のめりにぶっ倒れるまで食べまくったのを無事見届けた後で、ぼくとトーコさんが世間話をしていると。

トーコさんがこんなことを言い出した。

「──ところでスズハ兄、三日後に王都で式典があるんだけどね」

「へえ。なんの式典ですか？」

「ボクの女王即位一周年記念式典」

「それはそれは。おめでとうございます」

「えへへ」

トーコさんがはにかみながら照れ笑いを浮かべた。かわいい。

「これもみーんな全部、スズハ兄のおかげだよ。本当にありがとうね」

「いえいえ、ぼくなんて何の役にも立てませんで」

「そんなこと絶対無いけど、そうだとしても大丈夫。これからも役立ってもらうんだから。ねえスズハ兄?」

「そりゃもう、トーコさんの治世のために全力を尽くす所存ですよ」

話の流れで、そんな景気の良いことを言うと。

トーコさんの目が、きらーんと光った気がした。

「そっか、ありがとう！　じゃあ早速手伝って貰《もら》おうかな！」

「はいはい。なんでしょう?」

「その三日後の式典なんだけどさ。スズハ兄も出席して」

おやおや、何を意味不明なことを言っているのか。

「それは不可能ですね。だって王都はとっても遠いですし」

「その理屈でいったらボクだって無理じゃん。大丈夫だよ、ボク秘蔵の魔道具でバッチリ送迎してあげるから」

「いやでも、その魔道具は作動条件とかえらく大変だって、この前言ってましたよね？

だからお鮨を運ぶときしか使わないんだって」

それってどんな条件なんだよと興味はあるけど、なんか恐ろしい条件だったら怖いので具体的なことは聞いていない。

ぼくの言葉にトーコさんが笑顔で首肯して、

「そう、大変なんだよ。スズハ兄が分かるように数字で例えるなら——往復するごとに、王家の予算が一割飛ぶくらい大変かな？」

「滅茶苦茶大変じゃないですか⁉」

想像よりも大変さが段違いだった。

「あ、あの……そういうことなら、もうお鮨を持ってきていただく必要は……」

「それはいいのよ。もはやお鮨はついでで、ボクがこうしてスズハ兄に会いに来ることが目的なんだから。お鮨食べ放題だって、いつまでって期限を決めてたわけじゃないしね。だからそこは気にしないで」

そう言えば、どの期間がお鮨食べ放題だと約束したわけじゃない。ということは。

「つまり辺境伯も、いつまでと決まってるわけじゃ——」

「普通は爵位って、叙爵したら生涯そのままだからね？」

「不公平だッッッ!?」

「……そ、それがイヤならもうアレだよアレ、さっさと子供作って爵位を相続させてさ、自分は妻と隠居するしかないよね……？」

なぜかトーコさんが、あたかも長年付き合ったカップルが結婚を相談するときのような照れくさそうな顔で提案してきたけど、まあそれはそれとして。

「それなら、お鮨のことは気にしないでおきます」

「……いまボク、わりと頑張って告白した気がするんだけどね……？」

「え？　なんのことですか？」

「もういい……」

なんだろう。王族の考えることはよく分からない。

「じゃあそういうことで、ぼくは用事が」

「それはいいから、一緒に王都に来るの」

「だからイヤですよ!?」

「もう、いい加減諦めなよ。ボクのお祝いに大陸中から各国の王様がやってくるんだし、そこに救国の立役者であるスズハ兄がいないとかあり得ないから。スズハ兄の出席は絶対。

最上段の確定事項だからね」

「うう……式典とか儀式とか苦手なのに……」

「諦めなって。ボクの命を助けた時点で、こうなる運命って決まってたってことよ」

まあそれなら仕方ない。

ぼくが出席する代わりにトーコさんの命が救えるなら、安いものだ。


——というわけで。

ぼくはスズハやユズリハさんと一緒に、みんなで王都へ行くことになった。

＊

トーコさんの魔道具で、王都への旅は文字通り一瞬だった。

ぼくたちが転移した先は、なんと王城にあるトーコさんの私室だった。

そこはいかにもトーコさんらしい、シンプルかつ気品のある部屋で。

そんな場所に不可抗力とはいえ、ぼくのような庶民の男が入っていいのかと震える。

「さて、スズハ兄。これから式典まで忙しいからね！」

「というと……？」

「まずはこれが式典の進行表。そんでこっちが、招待客のリスト」

ドサドサっと、分厚い紙束がトーコさんから押しつけられる。

これをどうしろと言うのか。

「というわけで無理しない範囲でいいから、できるだけ記憶してね！　あとは頑張って、他国の賓客を迎えるときの礼儀作法をカンペキにする！　ビシビシいくから！」

「えええええっ⁉」

「国内の貴族相手ならどんな無礼しちゃってもボクの権力で黙らせられるけど、さすがに諸外国相手にそれやったら外聞悪いからね？　スズハ兄も辺境伯になって一年になるし、これが良い機会だと思って諦めて！」

「それ以前に、なんでぼくがそんなことに……？」

「当たり前でしょー⁉　スズハ兄がクーデターで殺されかけたボクを救ってくれたから、今ボクは女王即位一周年式典なんてできるんだからね！　だから泣き言なんて言わないで――ボクのココロの一番深い場所に、一生忘れられない、泣きたいほどあったかい記憶を刻みつけた責任、きっちり取ってもらうんだからっ――‼」

「えっと……それって褒めてます？　それとも罵ってます？」

「ううっさいわね！　だからスズハ兄はオンナゴコロが分からないのよ！」

そんなこんなで結局、勢いに押し切られてしまうぼくだった。

ちなみにその時、ぼくの背後では。

「……トーコさんって、たまに夢見る乙女のスイッチ入りますよね。ユズリハさんもそう思いません？」

「あいつは子供の頃から、バカ兄どものせいで苦労したからな。表面上は強がってたが、白馬の王子様が助けに来る系の乙女小説をこっそりと愛読していたことは公然の秘密だ。たぶん今でも読んでるだろう」

「でもトーコさん、実物の王子様が選び放題の立場なんじゃ……？」

「言ってやるな……」

なんて会話が小声でされていたけど、ぼくは聞こえなかったフリをした。

6

式典を翌日に控えて、ぼくが知識の詰め込みをしていた昼過ぎのこと。

「スズハ兄、ちょっといい？」

「なんでしょう」

「ボクと一緒に、会議に出て欲しいんだよ」

なんでも参加人数もごく少数だし、非公式の会議なので作法は気にしないでいいという。

ならばと気軽に了解し、トーコさんの後に続いて会議室へ。

重厚な扉を開けて会議室に入ると、そこはもう煌《きら》びやかな調度品で溢《あふ》れかえっていた。

シャンデリアとかキラキラしてるし、座る椅子も一つ一つに繊細な彫刻が施されていたり。

会議室の中でも、一目で最高級のランクだと分かる。

「御前会議でもできそうですね……」

「スズハ兄はすっかり忘れてるみたいだけど、ボクってば女王だからね？　つまりボクが参加すれば、どこでも御前会議になるから」

「そうでした」

会議室に人影は見当たらず、どうやらぼくらが一番乗りかと思っていると。

トーコさんが会議室の奥へと歩いて、据え付けの本棚に手を掛けた。

「ねえスズハ兄。これから見ることは絶対に、誰にも言っちゃダメだからね」

「はい……？」

「たしか、これをこうして……」

トーコさんが本棚の本を入れ替えたり、本の後ろにあるスイッチを押したりしていると、やがてゴゴゴゴ……という音とともに、本棚がずれて秘密の通路が姿を見せた。

「うわっ⁉」

「この通路のことは、ユズリハでも知らないんだから。さすがに公爵は知ってるけどね」

「そんな秘密の通路、ぼくが知ったらダメなんじゃ……？」

「ダメだったら見せるわけないでしょ」

その先の階段を降りていったところにあるのは、こぢんまりとした会議室だった。

先ほどの会議室と比べてシャンデリアみたいな華やかさは無いものの、重厚な雰囲気はむしろ増していた。テーブルの黒光りが凄《すご》い。

会議室には既に十人ほどが座っており、ぼくらが最後のようだ。

「ねえスズハ兄。いちおう言っておくけど」

トーコさんがぼくの耳元で、とんでもないことを囁《ささや》いた。

「ここにいるのってみんな、大国とか有力国の王様だから」

「はいぃ⁉」

言われてよくよく見てみると、奥側の席にはトーコさんによく似た女性が座っていた。

聖教国の聖女様に違いない。

そのほかにも、どこかの肖像画で見たような偉そうな人がちらほら。

ちなみにアヤノさんにとても似ているウエンタス公国の女大公は見当たらなかった。

「なんでぼくがこんなところに……？」

ぼくが当然の疑問を聞くと、トーコさんの答えはシンプルなもので。

「そりゃスズハ兄が、この会議の主役だからよ」

「ええっ⁉」

「とりあえずスズハ兄は、そこに座ってればいいから——じゃあ始めましょうか！」

そうして、ぼくを末席に座らせたトーコさんは。

大国の王たちに向かって、会議開始を宣言するのだった。

＊

たとえ何も知らないまま座らされても、黙って話を聞いていればおのずと会話の中身は呑《の》み込めてくるもので。

今回の秘密会議のテーマは、東にある異大陸の統一国家に各国がどう対応するべきかを話し合うものらしかった。

——なんでも異大陸の軍港から、大艦隊が出撃したとの情報があるのだとか。

大陸が統一されて大規模な叛乱《はんらん》も無い状態で、大艦隊が出撃する理由を考えてみれば、最も有力なのは別大陸への侵攻なわけで。

つまりこちらへ攻めてくるんじゃないか、と心配しているわけだ。

ぼくの目の前では、喧々諤々《けんけんがくがく》の議論が交わされていて。

「——しかし今まで、異大陸の侵攻など無かったではないか……」

「そうだ。だが今はオリハルコンがある……」

「オリハルコンのためなら、魔獣の危険性を加味してでも異大陸にまで攻め込む価値は、十分にあるということか……！」

「それにヤツらは国を統一したばかり、過剰となった戦力の行き場も必要だろう……」

「しかしヤツらはどこから、オリハルコンのことを……？」

「どこかの愚かな国が売り払ったのではないか……」

「つまり、ヤツらの狙いは……」

「その場合、攻めてくると考えられるポイントは……」

——なるほどね。

話を聞けば聞くほど、ぼくの辺境伯領が攻められる未来しか見えない。

トーコさんもぼくを連れてくるわけだと納得する。

けれどそれにしたって、有力国の国王が秘密裡《ひみつり》に集まって話し合うことでもないような気がするけれど。

それになんだか、ずっとみんながぼくのことをチラチラ見ているような……？

「おおっと」

『!?』

気が逸《そ》れた拍子に、手に持っていたペンを落としてしまった。

目立たないようにこっそり拾い上げると。

なぜだかみんなが、揃《そろ》ってぼくのことを凝視していた。

しかも今さら言うまでもないが、その全員が有力国の国王である。つまり圧が凄い。

「えっと、何か……？」

『………………』

みなさんは何事も無かったように議論を再開した。

でも今のは、いったい何だったんだろうか。

隣同士で話してる王様もいるし、そこまで厳格な会議という感じじゃないけど。

ぼくは気を取り直して、机の上に用意されていたクッキーを手に取り、

「あっ」

『——!?』

つい手が滑って、クッキーが床に落ちてしまった。

もったいないと思いつつ、目線を落としてクッキーを拾って顔を上げ、

『…………』

「……えっと?」

またしても全員に、思いっきり注目されていた。

こんな時にどんな顔をしていいか分からないでいると、

「はいはい。スズハ兄、ちょーっとこっちに来てね」

「トーコさん?」

「みんなスズハ兄に注目しまくってるから、スズハ兄が少し動いただけで会議が止まるし、集中力も途切れるってわけ。だったら司会のボクの横にいてくれた方がずっとマシだよ。というわけで移動して!」

「え、でもそっちは上座で……」

「いいから早く来る!」

「は、はいっ!」

……そんなわけで。

その後ぼくは諸国の王様を差し置いて、上座でトーコさんの話を聞くという、ハードな苦行を体験させられたのだった。

ちなみに、トーコさんの記念式典は無事に終わりました。

ていうかぼくは、ずっとトーコさんの横にいるだけだったけどさ。

7（トーコ視点）

深夜のサクラギ公爵邸。

女王即位一周年の記念式典も無事に終わり、諸国の要人たちやスズハの兄たちも帰ってようやく人心地ついたトーコは、出迎えた公爵相手に例の秘密会議の顚末《てんまつ》を話していた。

もっとも必要事項は事前に話してあるので、世間話の類《たぐ》いではあるが。

「——もうさ、どいつもこいつも必死だったわ。スズハ兄の興味を引きたくってもう！　見てて笑いそうになるくらい」

「それはそうだろうな」

「でさ、権力になびかない相手なんてみんなスズハ兄が初めてだからさ、どうしていいか分からないの。だからスズハ兄をチラチラ見ながら、必死で有能アピールしてるんだけどスズハ兄はまるで気づかないのがもう面白くって！」

有力国のトップのみ参加を許され、それ以外は同席すら許されない、まさにこの大陸の行く末を決める頂上会議。

そんな会議にスズハの兄を同席させろと、トーコ以外の満場一致で要求されたときに、トーコは一つだけ条件を付けた。

それが、抜け駆け禁止。

各国の王たちが一斉に話しかけたら収拾がつかない、だからスズハの兄が自分から声を掛けるまで大人しくしていること。それがトーコの出した条件。

各国の王は慢心していた。なんだかんだで、自分は興味を持たれているに違いないと。少なくとも国王の自分に、挨拶くらいはしてくるだろうと。

けれどトーコは知っていた。

スズハの兄は、自分から他国の王様に声を掛けるなんて絶対にしないことを。

「きっとスズハ兄の認識だと自分は普通の庶民だし相手は王様だから、粗相のないように石ころみたいに大人しくとか思ったんだろうねー」

「おかしな話だ。あの男の価値は、等身大のダイヤよりも遥《はる》かに高いというのにな」

「ねー。まあそこら辺の無自覚っぷりも、スズハ兄の魅力だけどさ！」

「そもそも価値のない男が、そんな大物ばかりの会議に呼ばれるはずもない。ワシですら参加どころか、室内に入ることすら許されないというのに」

「多分だけど、当事者だから呼ばれたと思ってるんじゃないのかな？」

「当事者？　……ああ、オリハルコンを狙うに決まっているという話か」

「そうそう」

東の大陸の統一国家が、この大陸に侵略戦争を仕掛けるとすれば。

目的は間違いなく、オリハルコンを狙ったものだろう。

それはトップ層の共通見解というよりは、もはや常識とすら言える認識だった。

なにしろ支配どころか、大陸間で交易するメリットすら皆無であることは周知の事実。

だがその常識はスズハの兄によって、唐突に打ち崩されたのだから。

「もうね、オリハルコンを防衛するためにどうすべきかって延々と話してるんだけどさ、とどのつまりは『ウチの軍隊を入れろ！』って話なのよね。もしくは魔導師軍団？　まあどっちでも一緒だけどさ？」

「メリット尽くしだからな」

「スズハ兄に恩も売れるし、辺境伯領の軍事とかオリハルコンの機密情報もちょこっとは知れるだろうしね」

「それに、あの男には女騎士学園の分校もある」

「ああ……あまりに入学レベルが高すぎて、これからの時代の大陸トップエリート軍人を養成する中心になるのは間違いない、なんて言われてるみたいね。スズハ兄から裏事情を聞いたボクとしては、失笑しかないんだけどさ」

トーコが話を聞いた限りで、分校の入試でスズハの兄がやらかしただけと気づいていた国王は一人もいなかった。

「そりゃそんな勘違いすれば、少しでも辺境伯領の分校に精鋭を送り込みたいよねえ？しかも結果的には間違ってないし」

「そうだな。あの男の意図はどうあれ、結果的にそうなるのは確定事項だ」

ちなみに、分校に唯一生徒を送り込んだウエンタス公国の女大公は滅茶苦茶《めちゃくちゃ》評価された。それがどれほどのものかと言えば、各国の王がローエングリン辺境伯領の侵攻失敗に加えキャランドゥー領の叛乱で大きく下げていた評価を、元通り以上に戻したほどだ。

そこでふとトーコが思い出して、

「そうだ。公爵は気づいてた？」

「なにをだ」

「ボクの即位一周年記念式典って、そもそもあの会議をやるために集まる口実なんだよ。大っぴらには絶対できないけど」

「なんだと⁉」

　さすがに驚いたようで、公爵は目を見開いていたがやがて、

「……そうか。即位一周年の記念式典と言いながら一年後ぴったりに行わなかったのは、それが後付けの理由だからか。不自然とは思ったのだ」

「そういうこと」

「式典後にダンスパーティーをやらなかった理由もそれか」

「半分はそう。もう半分は、準備する時間が無かったからだけど」

決まってからは準備にてんやわんやだったのだ。

そうでなければいくらトーコでも、スズハの兄を拉致するように連れてきたりはしない。

うん、しないと思うな。たぶん。

トーコがそんなことを考えていると、公爵が聞いた。

「それで、あの男はなんと？」

「なんとって？」

「異大陸の大艦隊が攻めてきたらどうするかだ」

「あー。それね……」

トーコが会議の様子を思い出して苦笑しながら、

「スズハ兄ってば、ぜんぜんピンときてない感じだった」

「あの男は軍隊出身ではないからな」

「そう。だから軍船とか見たことが無いってのもあるんだけどさ。だからボクが一生懸命説明したわけよ。魔獣と戦っても大丈夫なように、鉄板で外面を覆ってるんだよとかさ。外海には魔獣がいるから」

「そうだな」

「そしたらスズハ兄、なんて言ったと思う？」

「さっぱり分からん」

「魔獣に攻撃されたくらいで穴が開いてたら、戦争で使えるはずないって」

「…………」

正直、それを聞いたときの国王たちの顔は見物だった。

なんならスズハの兄に慣れているはずのトーコですら唖然《あぜん》とした。

トーコの説明に公爵が頭を抱えて、

「いや、確かに外洋船には魔獣対策で補強がされてはいるが……あれは無いよりマシとか、そういう類いのものだろう？」

「普通はね。でもスズハ兄の認識だと、魔獣が一方的にどれだけ殴っても無傷なくらいに頑丈なのが、戦争で使う最低ラインだろうってさ」

「そんな船があれば無敵だろうな……」

「完璧な作戦だよねー。普通に考えたら不可能、ってことを別にすれば」

「それを聞いたみんながもう意気消沈しちゃって。今まで頑張って辺境伯領に軍隊送って媚《こび》を売ろうとしてた国王がみんな、諦めモードに入ったから」

「……戦力に不安が無いことはいいことだ」

「まあそれはそれ、スズハ兄だしね」

その後もいくつか懸念《けねん》点を話し合い。

日付が変わってしばらくした頃、ようやく会合はお開きになった。

＊

それから半月ほど経《た》った、ある日のこと。

異大陸の天帝からトーコ女王に、宣戦布告が届いた。

4章　武士道とは死ぬことと見つけたり

1

その日もいつものようにスズハたちと晩ご飯を食べていると、なんの前触れもなく突然トーコさんとサクラギ公爵が現れた。

予告もなしにトーコさんたちが来るなんて初めてのことだ。

しかも、あの使用が大変すぎる魔道具で転移してきた。

ならば緊急事態に違いない。

ぼくはごくりと唾を呑《の》んで、トーコさんの言葉を待った——！

「おっ。今日の晩ご飯は、大根おろしハンバーグだね」

「そこですか⁉」

「ボクも食べたいなあ、スズハ兄？」

「ワシの分も用意して構わんのだぞ」

……そこまで緊急事態ではないみたいだ。

恨みがましい目を向けてくるスズハとユズリハさんから目を逸《そ》らしつつ、ぼくは二人の夕食を準備する。

お代わりハンバーグが減るのは、ぼくのせいじゃないからね？

夕食を終えてみんなのお腹《なか》も膨れたところで、トーコさんに聞いた。

「それで、一体どうしたんですか？」

「それがねー、東の異大陸から戦争吹っかけられたのよ」

「……それ、ハンバーグ食べ尽くす前に言いません？　普通」

「まあ正確には降伏勧告ではあるんだけど。でもその内容が東の異大陸の属国になって、ミスリルとオリハルコンを全部よこしやがれって内容だから、宣戦布告と一緒なのよね。困ったもんだわ」

「それにしちゃ、ずいぶん落ち着いてるような……」

「そりゃスズハ兄がいなけりゃ大騒ぎだけどさー。まあほら、そこはスズハ兄いるし？　負けるわけないし？　みたいな？」

「ずいぶん軽いノリですね……？」

あと、さらっとトーコさんの期待が重い。

なんちゃって辺境伯であるぼくに、どんな期待をしてるのか。

「でも戦争って、具体的にはどんな状況なんですか？」

「この前、東の異大陸から大艦隊が出撃したって話はしたじゃない？　それがそのまま、こっちにやって来るみたい。あと一～二週間後くらいだと思うけど」

「狙いはオリハルコンなんですよね？」

「そう。だからまず間違いなく、ヤツらの狙いはこの領地なの。ていうかあいつらって、ミスリルとオリハルコン以外どうでもいいんだと思う」

「なるほど」

一般的に、異大陸の土地を占領するメリットは無いと言われている。

貿易の拠点にするにしても、大陸間交易は海の魔獣のせいで成り立たない。魔獣対策で毎回軍艦を出すようなメリットなど存在しなかった。

けれどそこに特産品があれば話は変わる。

現状でぼくの領地でしか確認されていない、オリハルコンのような。

とはいえ現状、オリハルコンは試験採掘の段階でありまともに流通させていないので、交易拠点をどうこうという話にはならない。

そして、どうせ戦争を仕掛けるのなら。

オリハルコンを目指して一直線に攻めるのが、一番効率がいい。

ぼくは窓の外に見える女騎士学園の分校を指して、

「まあ普通に考えて、あそこの貯蔵庫にあるオリハルコンが狙いですよね」

「そういうこと。でも正面から奪いに来るとは限らないけど」

「というと？」

「ボクがアイツらだったら、スズハ兄を前線までおびき寄せてる隙に盗もうとするもん。わざわざ内陸まで大軍で押し寄せるのも面倒でしょ？」

「それはそうですね」

「まあそれ以前にボクだったら、スズハ兄にケンカ売るなんて恐ろしすぎること、絶対にゴメンだけどね！」

「ぼくを何だと思ってるんですか……？」

いろいろ問いただしたい所ではあるけれど。

ユズリハさんが首を傾《かし》げて、

「なあトーコ。確認したいんだが、王都から兵は出るのか？」

「んー。それなんだけどさ、申し訳ないけどスズハ兄たちで戦ってもらいたいかなって。ていうかね、スズハ兄に滅茶苦茶《めちゃくちゃ》活躍して欲しいんだよ」

「え？　それってどういうことですか？」

もちろん辺境伯領が狙われる以上ぼくが戦うのは道理だけれど。

滅茶苦茶活躍とはいったい……？

そんなぼくの疑問に、トーコさんがあっさりと答えて。

「それがスズハ兄ってばさ、東の異大陸でも凄《すご》く話題になってるらしいんだよ。なんでも兄様王《ターレンキング》とかっていう名前で」

「ええっ⁉」

「実はボク、異大陸の天帝の実弟と連絡を取り合っててさ、そっちは穏健派なんだけど。そいつらが政権奪い返すときに、兄様王《ターレンキング》として名高いスズハ兄が派手にやっつけた方が、権力を引き継ぎやすいんだって」

「さすがです兄さん！　異大陸でも大人気ですね！」

「ふっわたしの相棒は、海を越えて名声を轟《とどろ》かせるか……まあ当然だな」

スズハとユズリハさんが意味不明な感想を述べたけど、それどころじゃない。

「あのぼくの大げさすぎて、脚色過剰にもほどがある恥ずかしさ百点満点の謎英雄譚《たん》が、異大陸中に広まってるってことですか……⁉」

「大げさとか脚色過剰は個人の感想によるとして、まあそういうこと」

「うわぁ……」

「いちおう向こうでは伝説上の人物ってことらしいから、スズハ兄の名前はバレてないよ。まあバレるのも時間の問題だろうけど」

「なんの慰めにもなってないんですけど⁉」

なんということでしょう。

ぼくは知らない間に、異大陸で伝説の英雄になっていたらしい。

戦争がどうこうよりもショックを受けた。

２（トーコ視点）

深夜、領都の外れにある酒場。

閉店した店の扉を、身を隠すように歩いてきた男女二人組が叩《たた》く。

歓楽街の裏通りを歩くには、いささかおかしな取り合わせの二人組といえた。なにしろ親子ほどの年齢差があるのだ。

男はどことなく偉そうな雰囲気があり、若い女は冗談みたいに胸元が盛り上がっていて、ともに外套《がいとう》で顔を隠していた。

その隠れた素顔を、もし見るべき人間が見たなら、なぜこんな場所に二人がいるのかと絶句するだろう。

その男はドロッセルマイエル王国の重鎮、サクラギ公爵。

そして女はドロッセルマイエル王国の頂点、トーコ女王。

扉の向こうから合い言葉を聞かれて、トーコがよどみなく答える。

「のばら」

「……どうぞ」

開いた扉の隙間に身を滑らせ中に入ると、そこにいたのは東の異大陸によくいる風貌の、この大陸では珍しい顔の男。

表の顔は場末の酒場のバーテンダー、裏の顔は東の大陸の間者にして、大陸を統一した天帝の実弟にあたる男だった。

「ようこそ。こんな辺境の酒場までわざわざ」

間者が二人にワイングラスを渡すと、公爵が面白くもなさそうに受け取って。

「ふん、そうでもない。ついでに懸案も処理できたしな」

「懸案ですか？」

「あの男の手ごねハンバーグを、ひさびさに喰《く》らったわ」

「それは……？」

間者はしばらく首を捻《ひね》っていたが、それ以上の説明は無さそうだと理解すると、改めて二人に向かって深々と会釈《えしゃく》した。

「手紙は何度かやり取りしましたが、お目に掛かるのは初めてですね。なにはともあれ、今回は愚兄《ぐけい》が大変なご迷惑を」

「まあねー」

トーコが受け取った手紙によれば間者はもともと表舞台から引っ込んで、辺境住まいの一市民のまま暮らそうとしていた。

兄と対立した結果島流しに遭ったものの、恨む気持ちはそこまで無かったという。

けれど、オリハルコンが発見されたという噂《うわさ》が立ってから事態が急転する。

間者は現状一般人なうえスパイとしては三流なので、その噂が本当かどうかは知らない。

けれど、そんな間者にも同郷人を通じて伝わってくる情報がある。

「アホ兄も、この大陸に戦争を仕掛けるなんてアホなことを……」

「まあボクたちとしてみれば、本気でそうなんだけどね」

トーコが苦笑して言葉を返す。

もちろんトーコとて、目の前の間者が天帝の実弟だなどとあっさり信じたわけではない。

最初に手紙を受け取ってから、トーコはあらゆる方法で情報の真偽を確認した。

そして、異大陸人への聞き込みや文献調査はもちろんのこと、自身の身分の証明として同封されていた指輪も徹底的に解析した結果、まずホンモノと断じて間違いないだろうと確信したのだった。

そして同時に、実弟はこの大陸に暮らしておりこちらの事情に詳しく、穏健派であり、東の大陸にいまだに大勢のシンパがいる。

なので天帝を排除した際の後継権力者として、最有力の候補者と見なされており。

だからこそトーコとサクラギ公爵が、お忍びで直接会談に訪れたのだった。

「まああなたも大変だったみたいね。兄弟で権力争いなんてのは、よくある話だけどさ。ボクだってバカ兄に命を狙われたし」

「逆に今はのんびり暮らしてますけどね。……アホ兄のせいでこうして出しゃばるハメになっちゃいましたが」

「世の中そんなもんよ。むしろこうなった以上、ジャンジャンバリバリ働いて貰《もら》うから。そこんとこよろしくね！」

「善処しますよ……まあ、まだ大陸の連中が憶《おぼ》えているかは疑問ですがね」

「まあそこは期待しておくから」

何気なく答えるトーコだが、その辺は一番念入りに確かめたところだ。

サクラギ公爵がこほんと咳払《せきばら》いをして、

「二人とも。無駄話をしている暇はないだろう？」

「そうだね。朝にはスズハ兄のところに戻ってなくちゃ」

大陸の地図をテーブルに広げ、三人で討議を始める。

異大陸の大艦隊が目指すだろう停泊ポイントはどこか。

兵力はどれくらいで、食料はどれくらい持つか。

軍船の調べうる限りのスペックと攻撃力について。

それらはトーコたちでもある程度の調べはついているが、それでも異大陸の軍事作戦を身をもって知っている間者と討議することで、より精度が高まっていく。

そして。

オリハルコンを手に入れるために、どのような手段を講じうるか。

「――アホ兄としては、自分が指揮する軍隊でオリハルコンを見事奪い取ったという形が最上のストーリーでしょうね」

「自ら先陣に立つスタイルってこと？」

「そうでなければ東の大陸の武芸者は、自分たちの頭領と認めないのですよ」

「……それにしたって、わざわざ異大陸まで来ることはないと思うけどねー？」

「あのアホ兄は、剣豪ツバキに武勇を任せたという陰口を払拭《ふっしょく》したいでしょうから」

それから間者の語ったところによると。

東の大陸の統一戦争では、常にツバキという名の天才爆乳美少女武芸者が先陣にいて、まるで鬼神のように敵を薙《な》ぎ倒しまくっていたという。

天帝も一流の武士ではあるのだが、なにしろツバキは東の大陸に並ぶものなき大天才で、しかも曰《いわ》く付きの妖刀まで使いこなす始末。比較相手が悪すぎる。

なので大陸統一が進むにつれて、天帝のツバキに対する態度はだんだんと悪くなった。

間違いなく嫉妬であろう。

ツバキが基本的に、戦い以外に興味を持たないことも拍車をかけた。

そして東の大陸が統一されてまもなく、ツバキは異大陸の調査を命じられた。

それは傍目《はため》には、体《てい》のいい追放としか見られない状態だったという。

「なので兄は、かなり無茶をしてでも先頭で乗り込んで来ますよ。そして自分の武勇を、内外に喧伝《けんでん》しようとするかと」

「そういうこと……」

トーコの得た情報には天帝自ら出陣したというのもあって、さすがに誤報じゃないかと疑っていたのだが。

その話を聞くと、どうやら本当みたいだ。

「で、実弟であるところのあなたはどうしてボクたちに付くことにしたの？　見たところ権力を奪いたいとか、自分の権力を取り戻したいってタイプでもなさそうだし？　そりゃ穏健派ってのは分かるけどさ」

スズハの兄を直接知る自分たちなら、どちらが勝つかは明白。

でも少なくともスズハの兄がいなければ、地の利を加味しても勝敗はかなり微妙だろう。情報によると、それくらいにはきちんと戦力を整えている。

ていうかこの男の立場なら、ぶっちゃけ放っておけばいいと思う。

そんなトーコの率直すぎる疑問に、間者が思わず苦笑して。

「これでも郷土愛はありますからね。いくらアホ兄やその軍隊とはいっても、ボコボコにやっつけられるのは後味が悪いので」

「ふうん」

「それに、それでも止められずに戦争になった時のことを考えたなら、事前にそちら側に話を通しておいた方がいいでしょう」

トーコが頷《うなず》く。

停戦時に最初から和平を主張していた人間が橋渡しをする、というのはよくある話だ。

内応したとかならともかく。

それに、ボコボコにされるのを見たくないというのも本心だろう。

そのために自分の利益にもならない表舞台に立つのは、なるほどお人好《ひとよ》しの類《たぐ》いだろう。

政争には負けるが他人には好かれるタイプだ。

そしてトーコには、もう一つ確認したいことがあった。

「でもさ、東の大陸軍が戦争に勝てるかも知れないじゃない？」

――ここまでで、東の異大陸に流れる情報が歪《いびつ》であることが分かっている。

まず前提として、スズハの兄の情報が正確に伝わっていれば、戦争なぞ絶対にしない。

つまり伝わってない。

けれどオリハルコンや、スズハの兄が美化された冒険譚《たん》などは伝わっているようだ。

ならば情報源の一つであるはずのこの間者は、なにをどこまで知っているのか？

トーコが直接会って話したかった理由の一つは、まさにその点にあった。

けれど間者は、そんなトーコの裏の意図など知らない顔で首を横に振る。

「いや、勝てないでしょう」

「どうしてそう思うの」

「理由はたった一つですよ。——この大陸にはとんでもなく強すぎる人間が、それはもうゴロゴロしていることを知っているから」

「ふうん？」

「さっき言ってた剣豪のツバキですが、今はこの大陸にいるんですよ。向こうの大陸では敵無しだったツバキなんですが、こっちの大陸ではあっさり負けちゃいましてね。しかもどこにでもいる民間人相手に」

「へえ。どんな相手だったの？」

「ツバキの話を聞く限りだと、見た目とっぽい兄さんって感じの好青年なんですけどね。でもツバキに言わせれば、自分よりも遥《はる》かに強いんだとか。その兄さんを倒すことこそが、今の自分の目標だって息巻いてましたよ」

「へー」

なるほど、スズハ兄のことは噂レベル以上のことは知らないらしい。

そして、そんなスズハの兄みたいな男が他にもいるんだねー、なんて感心していると。

「なんでも普段は、女騎士学園の分校で草むしりしてるんだとか」

「……え？」

「詳しくは聞いてないんですが、どうやら左遷させられたようで。最初にボコられた時はお城で書類仕事してたって言ってましたね」

「ふ、ふーん……？」

「あと最近だと庶民学の野外学習で、魔獣を一撃で倒してきたとか」

「……あっそう……」

間違いない。

そんな自称庶民はこの大陸に一人しかいるはずがない。絶対に。

「ちなみに、その人の名前とか聞いてる……？」

「ツバキからは左遷草むしり男としか……でもいい人だし話を聞く限り相当優秀なんで、機会があったら登用するのもいいと思いますよ」

うん、知ってる。

むしろとっくに登用してるんだ、この領地の辺境伯に。

さっきから横でサクラギ公爵が仏頂面《ぶっちょうづら》のまま聞いてるが、あれは内心で爆笑してると長い付き合いのトーコには分かった。だって両肩が分かりやすく上下してるし。

「……どうかされましたか……？」

「い、いやっ！　なんでもないから！　有用な情報ありがとね！」

まさかその左遷草むしり男こそが異大陸で噂《うわさ》の兄様王《ターレンキング》だと言うのも憚《はばか》られて。勢いで誤魔化すトーコだった。

間者には不思議そうな顔をされたが、それもつかの間。

「なのでまあ、とりあえずは自分が説得するつもりです。でもそれがダメなら、アホ兄は間違いなく惨敗《ざんぱい》するでしょう。途中で引くとか一切できないタイプですから。言うなれば勝利か切腹かみたいなタイプです」

「どの国もアホなトップってそうだよね……」

「時流に合えば強いんですけどね。なのでその時は、自分がなんとか立て直すつもりです。もちろんアホ兄に殺されていなければですが」

詰まるところ、敗戦後は逃げたりせず迷惑も掛けないから、相応に手心を加えろという打診である。

こういう話が早い相手は、トーコとしても嫌いじゃない。

「りょーかい。じゃあその方向で」

「はい。……繰り返しになって申し訳ないんですが、くれぐれも兄様王《ターレンキング》が前面に出て、アホ兄を叩《たた》き潰していただけると助かります」

「それはもう伝えたけどさ。随分こだわるじゃない？」

「あれでも兄ですから。最後にして唯一の敗北は、異大陸の『伝説』にこそ刻んでほしい。

それにその方が、大陸の連中も敗北を受け入れやすいでしょうし」

「なるほどね」

どうやら自分と違って、兄弟仲はそれなりに良好だったらしい。少なくとも途中までは。

それからトーコたちは細かい部分の確認を、明け方まで続けた。

3

ようやく時間が取れたので、女騎士学園の分校に行く。

ぼくの目的はツバキで、東の大陸の軍隊事情を聞きたいというのが一つ。

もう一つは、今回の戦争についてどう思っているかということで。

もしも東の大陸の軍勢に参加したいと言われたら、どうしようかなと悩んでいた。

ツバキは異大陸では戦争に出陣していたらしいけど、戦う相手はぼくたちなわけだし、正直やり合いたくはない。

できれば分校で大人しくしてて欲しいのが本音だった。

すぐに校舎の外でぼけっと空を眺める少女を見つけて声を掛ける。

「ツバキ」

「……む。久しぶりなのだ。もう草がぼうぼうなのだ」

「そんなに生えてないでしょ。ぼくを草むしりキャラにするの止《や》めようか？」

別に嫌いじゃないけどさ、草むしり。

「なんの用事なのだ。拙《せつ》をタイホするのだ？」

「しないよ。戦争相手の国出身だから逮捕だなんて」

まあ破壊活動予防のために、そういうことをする国もあるけど。

ぼくがそんな話をすると、ツバキはきっぱりと否定して。

「武士はそんな卑怯《ひきょう》な真似《まね》はしないのだ。するのはニンジャなのだ」

まあぼくも、ツバキに細かい芸当ができるとは思えない。

「ツバキも聞いたでしょ？　東の大陸の軍隊がここに攻めてくるって。だからツバキに、話を聞いておこうかなって」

「そんなもの必要ないのだ。あいつらの軍隊なんて、拙一人でやっつけられる程度なのだ。つまりおぬしがいれば勝てるのだ」

「……そこだけ聞くと、やたら弱いんだけどね？」

「この大陸の人間が、ごく稀《まれ》に強すぎるのだ。バグってるのだ」

ちなみにバグとは虫のことで、呪文の詠唱時に虫が飛んできて詠唱失敗する出来事から名付けられたとか。

「──まあでも、おぬしには感謝してるのだ」

そのさっぱりとした言い方に、ぼくはなんだか嫌な予感がして。

「おぬしは拙に、上には上がいることを教えてくれた初めての人間なのだ。だから一度、キチンと礼が言いたかったのだ」

「……なんで今なのさ？」

「拙は、阿呆《あほう》の尻拭いに付き合うことになったのだ」

「阿呆って？」

「この大陸で、拙と唯一つるんでいる同郷人なのだ。三流のヘタレ間者なのだ」

「あんまりスパイがいるって他人に言わない方がいいんじゃや……？」

これでもぼく辺境伯だからね？　そういえばツバキには言ってなかったけど。

まあそれは別として、なんでツバキが遠い目をしているのか聞こうとすると。

「──おぬしは知ってるか？　東の大陸には、押込《おしこめ》という慣行があるのだ」

「なにそれ知らない」

「主君が諫言《かんげん》しても所業を改めない場合、力尽くで隠居させる。それが押込なのだ」

「…………」

事情を知らないぼくが聞いても、それが命がけなことは簡単に想像できる。

「あの阿呆はその昔、実の兄に不用意な諫言をしたせいで仲がギスギスして、その結果が異大陸への島流しなのだ。それから主君に諫言する人間はいなくなって、誰の言うことも聞かずに暴走した結果が今回の異大陸遠征なのだ。救えないのだ」

だから最後にもう一度諫言して、それがダメなら押込なのだとツバキは言った。

「でもそれ、凄《すご》く危ないんじゃ……?」

「武士道とは死ぬことと見つけたりなのだ」

静かに言葉を紡《つむ》ぐツバキは、とっくに死を覚悟しているようで。

だからぼくは、差し出がましいことを承知で言った。

「ぼくも付き合うよ」

「ダメなのだ」

ツバキがきっぱりと首を横に振って、

「これは拙の故郷の問題なのだ。だから、異大陸人の出る幕ではないのだ」

「そっか」

ツバキは対等でいようとしてくれるのだと、ぼくには分かった。

それはぼくの庇護《ひご》下で寄り添ってくれようとするスズハとは違い。

ぼくを相棒だと言ってくれるユズリハさんとも違い。

女王として、ぼくを重要なピースと見てくれるトーコさんとも違うけれど。

でも、妹よりも小さい少女が、精一杯の虚勢を張って。

言葉の端が少しだけ震えながらも、そんなことにまるで気づかないフリをして。

そんな風に命がけで自立しようとしてみせるツバキを、ぼくはとても好ましいと思った。

だから。

「ねえツバキ。一つだけ約束して」

「どうしたのだ？」

「簡単なことだよ。ツバキが困って、もしも助けが欲しくなったなら、いつでもどこでも構わないから――絶対に、ぼくに助けを求めること。いいね？」

「……分かったのだ。武士の約束なのだ」

もちろんぼくが、助けてあげられる保証なんてどこにもないけど。

でも、こんなに対等でいようとしてくれるツバキが助けを求めた、その時は。

できる限り助けてあげたいと、強く思った。


翌日、ツバキは女騎士学園分校の寮から姿を消した。

寮の枕元にはぼくが貸しっぱなしだった妖刀、ムラマサ・ブレードが置いてあって。

ツバキが決死の覚悟を決めたのだと、改めて思い知らされたのだった。

4

異大陸からの大艦隊が、元キャランドゥー領港町の沖合に集結していると情報が入った。

キャランドゥー領とは以前ぼくの辺境伯領に戦争を仕掛けてきた領主の土地で、現在では完全に吸収されて辺境伯領の一部になっている。

普通だったら、迎え撃つために港町へと出るところ。

けれどトーコさんたちからの情報によって、敵国の狙いはオリハルコンと分かっている。

そしてオリハルコンの貯蔵庫は、領都の女騎士学園分校にあるわけで。

なのでぼくらは盛大に移動したフリをして、密《ひそ》かに分校の建物内へと舞い戻っていた。

そして、案の定というべきか。

それから数日も経《た》たないうちに、敵襲が起きた。

飛んでくるしかない。

ゴンドラを利用するか、または断崖絶壁を千メートル以上もよじ登ってくるか、もしくは

つまり分校にあるオリハルコンの貯蔵庫までたどり着くには、街へと唯一渡されている

女騎士学園の分校は、四方八方が断崖絶壁となる岩山の頂上にある。

曇天で、星灯《ほしあか》りがまるで届かない夜だった。

＊

分かりやすすぎるし、撃ち落とされずに飛んでくる方法は思い浮かばない。

じゃあぼくならどうすると考えたとき、ゴンドラに張ったロープを使ったら侵入経路が

なので、メインの侵入路は崖からだと睨《にら》んでいた。

「――来たね」

見たところ、もう断崖絶壁を半分くらい登ったところだろうか。

大抵の人なら数メートルも登れないだろう垂直の崖を、すいすいと登ってくる。

人数は全部で二十人というところ。

みんな全身黒尽くめの服装で、上手《うま》く闇に溶け込んでいる。

その上、ゴツゴツとした崖肌に合わせるように身を隠しながら登ってくるその腕前は、なかなかのものだと感心する。

けれど、そこまで条件が揃《そろ》っていてもなお。

ここからオリハルコンを盗み出すのは、ちょっと分が悪すぎると思う。

「そろそろ始めようか。スズハはゴンドラの方を注意して見ててね」

「分かりました、兄さん！」

「ユズリハさんは空と飛来物の警戒、お願いします」

「ああ、任せておけ！」

「ウエンタス公国のみんなは手分けして、崖をよじ登る別の人間がいないか見張ってて」

『はい！』

事前の打ち合わせ通り動くみんなを確認して、ぼくは懐《ふところ》からゴム弾を取り出した。

指先ほどの大きさの丸いゴム弾。

これの良いところは、当たっても大きな音がしないことだ。

「——よっ」

指先で狙いを定めて、デコピンの要領でゴム弾を発射する。

下方向に向かって撃つのは難しいけど、まずは成功。

ゴム弾は狙い通り、一番後ろを登っていた人の額にクリーンヒットし、音もなく崖下へ落下させる。

衝撃で脳震盪《のうしんとう》を起こしているのだろう、悲鳴すら上げていない。

「よし、まずは一人」

ぼくが振り向くと、二人がなんだか怯《おび》えた様子で。

「えっと……ユズリハさん、あれって登ってる人間が誰も気づかないのに、いつの間にか一人いなくなってるんですよね……?」

「ああ、悲鳴すら上げてないからな。振り返るとなぜか、いたはずの仲間が消えている。そして振り返るごとに一人ずつ消えていくんだ……完全にホラーだな」

「それじゃぼくが、悪い幽霊みたいじゃないですか」

動揺されて動きが乱れるとぼくの狙いが付けづらくなるから一人ずつ落としてるだけで、決してぼくの趣味ではない。本当だよ?

ちなみに五百メートルほど落下した先には、カナデ指揮のメイド式回収部隊がいるので命に別状はなかったりする。

その後に待ち受けているメイド式情報収集《ごうもん》については、責任取れないけどね。てなわけで。

その後もぼくは地道に、一人ずつ狙撃していって——あ、ようやく気づいた。

「ふむ、動きがピタリと止まった。あれは完全に気づいたぞキミ」

「残り七人でしたね。兄さん」

「二十人で登っていたはずが、ふと気づいたら七人になっている……これは怖いぞ?」

「わたしだったら兄さんさえいれば、何人減っても怖くないですが」

「同感だ。逆にスズハくんの兄上がいなくなったら、恐慌《きょうこう》状態になると断言できる」

「ですです」

二人が何か言ってるのを無視して、じっくりと観察する。

向こうも必死にこちらを探しているようだけれど、星灯りもない暗闇で、ぼくらの姿は見つかっていないようだった。

やがて諦めたのか、さっきより速度を落として登り始めた。

ならばもう一人。ぴしゅ。

一人落っこちて、もう一人というところで動きが止まった。

明らかに動揺しまくっている。

「……なんか、ざわざわって声が聞こえてきそうですよね、兄さん」

「行くも地獄、引くも地獄というやつだな。まあスズハくんの兄上にケンカを売った以上、当然のことではあるが」

「そんなことはないですけど……あれって、どうするのが軍隊的に正しいんですかね？」

庶民学しか学んでこなかったぼくが後学のために聞いてみると、ユズリハさんは大きくお手上げのポーズをしてみせた。

「分からんな。なにしろ撤退するにしても、今度は数百メートル下まで降りねばならん。そこまでして撤退するメリットがあるのか」

「しかもそこで待ち伏せしてますしね、実際」

「だから誰もいなくなる前に登り切るのと、どっちが分の良い賭けかという話ではある。まあ両方とも希望は絶無なんだが」

「それはもう兄さんですし」

「言い方ちょっと酷《ひど》くない……？」

結局その後、なにがあることもなく。

まるでだるまさんが転んだみたいに、彼らが動いては一人撃ち落とし、止まって動揺し、しばらくしてまた動いては一人撃ち落として、結局全員撃ち落とした。

最後の方は、なんで一人ずつ撃ち落とすのか自分でもよく分からなくなってた。

それでも全員撃ち落とし、このあとはカナデのメイド式回収部隊が上手くやるはずだと一息ついていると。

「兄さん、今度はあちらに現れたみたいです」

「了解。じゃあ向かうよ」

「……なあキミ。あり得ないとは思うんだが、貯蔵庫じゃなくて、オリハルコンの鉱脈に向かった連中はいないよな？」

「距離的にあり得ないとは思いますが、エルフの長老には念のため注意喚起しているのと、うにゅ子をそちらに戻しているので大丈夫でしょう」

「なるほどな」

――結局、それから数日間かけて。

合計三百人以上の侵入者を、一人残さず捕らえたのだった。

5

カナデのメイド式情報収集がうなりを上げ、侵入者から情報を限界まで絞り取った結果、これで侵入者は打ち止めという結論になった。

「メイド的にまちがいない。ちがったら、えっちなおしおきしてもいい」

などとスイカ大の胸を張っていたので、辺境伯領はアヤノさんたちに任せることにして、ぼくらは異大陸の大艦隊がいる港町へと向かった。

もちろん道中で情報収集することも忘れない。

「すみませんー、だんご三人前ください」

「あいよ、だんご三人前！」

立ち寄った茶店で三色だんごを買い求め、スズハとユズリハさんに一本ずつ渡しながら、だんご屋のおばちゃんに話を聞く。

「ちょっと人を探してまして。この街道を最近通ったと思うんですが」

「どんな人相だい？」

「男女の二人組なんですけどね。男の方はいかにも冴《さ》えないバーテンダー風の成人男性、女の子の方は異大陸の武芸者の格好で、滅茶苦茶可愛《めちゃくちゃかわい》い美少女で、死ぬほど大きい胸元をサラシでぎゅうぎゅうに潰してるっていう」

「間違いなくあの二人だね……半日前に見たよ！」

「ありがとうございます」

ホッとして礼を言う。

　ツバキたちとの距離は着実に近づいているようだと、ひとまず安心する。

「兄はん。ひひっふうっはけひー」

「……ねえスズハ。口の中が詰まってたら、言ってることが分からないよ？」

　ぼくがそう指摘すると、スズハが口いっぱいに頬張っていた草だんごを「んがぐぐ」と呑《の》み込んで。

「ツバキさんたち、無事だといいですね」

「……うん。そうだね」

　ぼくの手には、忘れていったツバキの愛刀ことムラマサ・ブレードが握られている。

　それはもちろん、本当に忘れていったわけじゃなくて、所有者であるぼくに戻すという意志の表れなのだろうけれど。

　それでもぼくは、ツバキに刀を「忘れ物だよ」って届けたくて。

　だからちゃんと生きて帰ってくるんだよって伝えたくて。

　ぼくが思うに……それが、講師の役割というものなのだ。

　たとえそれがぼくのような、庶民学担当のロクでなし講師であったとしても——

「ふふふぁふんほんほおおお。ふぁえふふぁひ？」

「あなたもですかユズリハさん」

そうぼくが指摘すると、ユズリハさんはリスみたいに頬張っただんごをごっくんして、ぼくにだんごの串をビシッと向けた。

「この店のみたらしだんごは大変美味《うま》い。スズハくんの兄上も食べてみるといいぞ？」

ほれほれと、串に一つだけ残っただんごを、ぼくに向かって差し出してくる。

そういうことなら有《あ》り難《がた》く。

「じゃあいただきます。——あむ」

「へっ……？」

「うん、美味いです。……あれ……？」

ぼくがだんごを食べて顔を上げると、なぜかユズリハさんが笑顔のまま固まっていた。

どうしたのだろう。

そう思いながら口をもぐもぐさせていると。

「えっ、兄さん——!? そ、それって、間接……」

「ち、ちちちち違うッッッ!!」

復活したらしきユズリハさんが、えらい剣幕で慌て始めた。

「い、今のは違う！　今のスズハくんの兄上の行為は、決して間接キス《ちゅー》などではなくて、そのアレだ、相棒としてごくごく自然な行為とゆーか！　つまりだ、互いが互いを完璧に

信頼しきっているからこその間接キス《ちゅー》で、ならばもう二人は入籍するしかないのでは⁉

スズハくんの兄上もそう思うだろう⁉」

「言ってる意味が分かりませんよ……？」

一つだけ分かったのは、あのだんごを食べちゃったのは拙《まず》かったということ。

失敗したなあ。

庶民同士だと、差し出されたものを食べるなんてよくあるんだけど。

「すみません。ユズリハさんのだんごが美味《おい》しそうだったので、つい食べちゃいました」

「い、いや……それはいいんだが……できればわたしも食べて欲……」

「ユズリハさん？　顔が赤いですね」

それに自覚は無さそうだけど、発言の方もちょこちょこおかしい。

ひょっとして熱でもあるのだろうか。

「すみません、ちょっと失礼」

「へ？　スズハくんの兄上、なにを──ひゃうっ⁉」

ぼくが額をユズリハさんのおでこにつけて、熱を測ると。

ユズリハさんは「ぷしゅー……」なんていう気の抜けた声とともに、のぼせてその場で倒れてしまったのだった。

幸いにして軽度の熱中症か何かだったようで、茶店で看病しているとすぐに復活した。なぜかスズハの目が冷たかった。

ユズリハさんはその後一日くらい、なんだか様子がおかしかった。

公爵令嬢の考えることはよく分からん。

＊

急ぎ足で旅をしたつもりだったけど、結局ツバキたちに追いつくこと無く、ぼくたちは目的の港町までやってきた。

沖合を見ると確かに、遠くの方に軍船が何十隻も浮かんでいるのが見える。

「さて兄さん、これからどうするんですか？」

「これからぼくは、ちょっと用事があるんだ」

「用事ですか……？」

不思議そうな顔をするスズハにうんとだけ答えて、

「その間、二人には頼みたいことがあって」

「そうか！　他ならぬ相棒のキミの頼みだ、なんでも言うがいい！」

「ではユズリハさん、水着を買ってきてください。ぼくと二人の分も合わせて三着」

「「……はい？」」

二人の目が点になった。

6（ツバキ視点）

ツバキは、斬り捨てたばかりの若侍を小舟の外に蹴り出した。

息つく暇もなく降りそそぐ矢の雨を、脇差で一つ残らず斬って弾く。

斃《たお》しても斃しても、新しい武士が小舟に飛び乗って、ツバキ目がけて突き進んでくる。

斬り捨てた人数は二百を超えたあたりで数えるのを止《や》めた。

血の混じった唾を吐き捨てながら、足下に強引に押さえつけたままの間者に声を掛けた。

「まだ生きてるのだ？」

「ツバキがアホすぎるせいで、今にも死にそうなんだが⁉」

「それはすまなかったのだ。けれど、拙《せつ》らがここまで嫌われてるなんて、いくらなんでも想定外だったのだ」

「おれは想定内だったよ！」

今さらそんなこと言われても、とツバキは息を吐く。

――今回の件に関して、臆することなど何もないと信じるツバキは。

つい半日近く前、港のど真ん中で「たのーもー」と大声を上げたのだった。

そして自分が武芸者のツバキであり、天帝の実弟である間者も一緒であること。

この大陸を侵略しようとするのは、即刻中止すべきということ。

その話し合いをするために、天帝に会わせてほしいと大音声《だいおんじょう》で叫んだ。

そうしたら、やがて小舟がやって来て。

その小舟に乗り沖合まで来たところで旗艦の甲板に天帝が出てきて、二人が間違いなく本人であると確認した次の瞬間。

小舟に乗り合わせていた武士十人が、一斉に襲いかかってきたのだった。

もちろんそれは、ツバキの敵ではなかったけれど。

その後、別の小舟で乗り込んでくる武士や降りそそぐ矢などを斬り捨てて、はや数時間というのが現在の状況である。

「このままだとジリ貧なのだ……」

脇差一本しか持っていない自分が恨めしい。しかも脇差はもうボロボロに刃毀《はこぼ》れして、とっくに斬れなくなっていた。

いつものツバキなら——愛刀のムラマサ・ブレードならば、まだいくらでも斬れたはず。

それほどの名刀にして妖刀なのだ。

だがあの妖刀は、いまやあの男の持ち物だった。

東の大陸で無敵だった自分を初めて倒した、謎の青年。

本人から、妖刀を置いていけと言われたわけじゃない。

けれど。

(妖刀を持っていったまま死んだら、拙は裏切ったことになるのだ……)

あの男に借りを作ることだけは。

あの男との契約を反故《ほご》にすることだけは、ツバキにはどうしても我慢ができなかった。

なぜならば。

その男は、ツバキが認めた初めてのライバルだから。

自分の横に並び立ちうる、唯一の男性だから。

もちろんツバキだって、今はあの男より自分の方が弱いことは認めている。

でも、だからこそ。

あの男と対等な存在でいるために。

ツバキは妖刀を、死地に連れて行くことができなかった——

斬れない脇差で横殴りにして、また一人海へ突き落とす。

そろそろ限界なのだ……などと口には出さず焦《あせ》るツバキの足下で、くつくつと笑い声が聞こえた。足下に伏せさせていた間者だ。

ついに死の恐怖でおかしくなったかと思っていると、

「まあでもさ、おれは安心してたんだよ」

「なにがなのだ？」

「ツバキが最近、生きるのが楽しそうでさ」

「はぁ!?　何言ってるのだ!?」

コイツも海に蹴り落としてやろうか、と足を振り上げると慌てたように、

「違う違う！　よく聞けって」

「……」

「だってさ、昔のツバキっていつ死んでもいいって感じだったろ」

「……なに言ってるのだ。武士として常に死を覚悟するのは当然なのだ」

「死を覚悟するのと、いつ死んでもいいは別だろ」

「……」

「ツバキはいつもつまんなそうに人を斬ってさ、それで自分が最強で当然ってツラしてるいけ好かないクソガキでさ」

「クソガキじゃないのだ⁉」

「なのに、こっちに来てコテンパンにやられてから後は、随分と楽しそうじゃないかよ。今日も負けたのだー悔しいのだーって言いながら、ニコニコ顔で愚痴りまくってきてさ。なんだツバキもちゃんと青春できてるんだーって、オジサン密《ひそ》かに感動してたんだよ」

「……そんなこと……アイツは関係ないのだ……」

「まあそんなことどうでもいいんだが」

「ズコー⁉」

思いっきり足を滑らせた。本気で死ぬかと思った。

もし生き延びられたら絶対折檻《せっかん》する、と睨《にら》みつけるツバキに間者が笑顔で、

「だから今は、ツバキの思うがままにやってみろ！」

「そんなもの……とっくにやってるのだ……！」

「本当か？　遠慮してないか？　心残りは全部やっとけ？　このままだとどうせおれたち

二人とも死ぬからな！」

「心残り……」

あの男に勝つ前に死ぬのだけが心残りだと、ツバキは思った。

愛刀を持ってくれればよかったかも、と思い返してすぐに否定する。

それならそれで、天帝は別の卑怯《ひきょう》な手でツバキたちを亡《な》き者にしていただろう。

だから最後に、あの男に愛刀を渡しておいたのは正解だった——

「——思い出したのだ」

死の間際《まぎわ》だからだろうか。片隅に押し込めていた記憶が鮮明によみがえる。

あの男と、最後に話したときのこと。

一つだけ交わした約束。

あの男はツバキに、もしも助けが欲しくなったのなら、いつでもどこでも構わないから自分に助けを求めろと言っていた。

——この場所に、あの男がいるなんてあり得ないけれど。

でもだからこそ自分の格好悪い、ボロボロの姿を見られなくて済む。

だからツバキは、思いっきり叫んだ。

「草むしり男――ッッ！　拙を、助けて欲しいのだ――ッッッ‼」

その直後、奇跡が起こった。

陸地の方からとんでもないスピードで、得体の知れないなにかが一直線に飛んできて。

ツバキが慌ててそれを掴《つか》み取ると。

――それは紛れもなくツバキの愛刀、ムラマサ・ブレードだった。

「……これは、どういうことなのだ……？」

理解が追いつかず、ツバキが呆然《ぼうぜん》としていると。

絶好の隙を狙って、新たな武士が三人纏《まと》めて飛び込んできた。

――ティン。

そこにいた武士たちは、ツバキの鯉口が軽やかに鳴る音しか認識できなかっただろう。

けれど次の瞬間。

三人の武士は真っ二つになり、物言わぬ六つの肉塊となった。

「――、――！　――⁉」

武士どもが何事か騒いでいるが、ツバキの耳には届かず呆然としたまま。

今のだって、襲われたから反射的に愛刀を薙《な》いだだけ。
なぜ、自分の愛刀が飛んできたのか。
そればかりが脳内をぐるぐる回っていて、
「――やっちまえ‼」
襲いかかってくる武士どもを、纏めて細切《こまぎ》れにした。
なにがなんだか分からないまま、ツバキが刀を振るう。振るう。振るう。
斃す、斃す、斃す。
やがてツバキの心の奥深くから、じんわりとした感情が滲《にじ》み出てくる。
その感情の正体をツバキは知らない。
ただ、分かっていることもある。
一つは、ツバキがあの男に助けを求めて、そして助かったという単純明快な事実。
そしてもう一つは、その事実を噛《か》みしめるたび。
ツバキの身体《からだ》がどうしようもなく、浮き立ってしまって仕方がないということ――

＊

小舟で接近してくる武士がいなくなると、ツバキは自分から手近な小舟に近づいた。

そして斬った。

斬って斬って斬りまくった。

大遠征部隊の半分以上は、間違いなく斬って捨てたに違いない。それくらい斬った。

いくらなんでも斬りすぎだった。

ツバキの刀は妖刀だ。

ここまで血を吸わせまくると、危険な悪影響が出るはずだった。

それは、ツバキが凶暴化《バーサーク》してしまうこと。

妖刀の怨念と精神が一体化したツバキが、視界に入った人間に誰彼構わず襲いかかって、新鮮な人間の血を求めるけものと化してしまうこと。

こうなったツバキは意識が飛んで、気がついたら自分以外には誰も動かなくなっている、そんなことが何度もあった。

その場合、真っ先に斬られるのは足下にいる間者だろう。当然ながら計画は失敗して、ツバキも間者も無駄死にするはずだった。

しかし。

「意識が、はっきりしているのだ……！」

妖刀を振るうたびに感じるはずの焦燥感が無い。

血に飢えたけものに自分が変貌していく、奇妙な感覚が無い。

それどころか刀を振るうごとに、くたくたに疲れ果てているはずの精神が回復していく、そんな気さえして。

そしてツバキに思い当たる原因は、たった一つだけ。

「あの男は、刀に治癒魔法を注入したと言っていたのだ……！」

信じられない。

けれど、それしか考えられなかった。

振るうたびに命を削るはずの妖刀なのに、なんだか側《そば》にあの男がいるような。

振るうたびに、よくやったぞと褒めて、頭を撫《な》でてくれるような。

だからボロボロに疲れ果てていたはずのツバキは、今や元気いっぱいで——

「まとめてかかってくるといいのだ！　拙《せつ》が一人残らず斬り倒してやるのだ！」

「おいっ」

ケツを蹴られた。

「なにをするのだ⁉」

体勢を崩した拍子に飛んできた矢がヒュンと頰をかすめて、ツバキが涙目で抗議する。

蹴った間者も謝りながら、

「ツバキ、お前なにしにここまで来たと思ってるんだ」

「……えっと？」

「あのアホ兄を説得するためだろ」

「おお、そうだったのだ！」

ポンと手を打つツバキを間者はジト目で眺めて、

「とはいえ……もう説得がどうこうって段階じゃないな。アホ兄は何も聞かずにおれらを全力で殺そうとしたし、ツバキはそれをみんな返り討ちにしちまった」

「……そんなの、拙の実力ではないのだ……」

東の大陸で、武芸者の頂点を極めた頃のツバキだったら。

あの男と出会って、女騎士学園の分校に入学する前のツバキだったら。

天帝の計算通り、ツバキはとっくに力尽きていたに違いない。

けれどツバキはこの大陸で、偶然出会った青年にボコボコにやっつけられて。

その男に、愛刀を解呪してもらって。

しかも女騎士学園の分校に入学して、マッサージの真髄を見せてもらって――

そうして以前よりずっと強くなったツバキは。

天帝の「このくらいやれば勝てるだろう」という計算を、見事に越えてみせたのだ。

そして全てのきっかけになったのは、たった一人の青年で。

「……あの男に出会ってなければ、拙は今ごろ、とっくに……」

「昔話をしてる場合じゃないぞ。なんにせよ、ツバキはアホ兄の武力を撥《は》ね除《の》けたんだ。もう説得は不可能、なら結末は一つしかない」

「分かってるのだ」

ツバキも天帝の性格は知っている。

嫉妬深いところや唯我独尊なところがあるとはいえ、それでも総大将としての矜持《きょうじ》はきっちり持ち合わせている男だ。

そうでなくては、単細胞な武芸者どもが頭領などと認めるはずもない。

「天帝の首級《しるし》を獲《と》るのだ」

「……いちおう切腹を勧めてからな……？」

東の大陸では、首級を討ち取られるよりも自ら切腹する方が、名誉ある死に方とされる。

まあツバキとしてはどちらでもいい。

「行くのだ」

ツバキが呟《つぶや》いて、一番大きい軍船へと小舟の進路を取った。

7

外洋を見渡す海岸の上で。

小舟の上で刀を振り回すツバキを見届けて、ぼくは額の汗を拭った。

「……間一髪で間に合ったかな？」

軍船の陰に隠れているわ、似たような小舟がわんさかいるわで、ツバキの正確な位置が把握できなかったぼくだけど、大声で助けを呼んでくれたおかげでムラマサ・ブレードを投げ渡すことができた。よかった。

ツバキなら、愛刀があれば雑兵《ぞうひょう》が何百人いようが問題にしないだろう。

あれでも立派な女騎士見習いだからね。

「それにしても、ぼくの呼び名はほかになかったのかな……？」

首を捻《ひね》っていると、スズハたちが戻ってきた。

二人とも水着に着替え終わっていて、スズハたちが走ってくるたびに凄《すご》く揺れていた。

たわわが。

「兄さん、お待たせしました。これ水着です」

「ええ……この海パン、なんかレインボーカラーなんだけど……？」

我が妹の服飾センスに疑念を抱くぼくである。

ユズリハさんが擁護して、

「あのなキミ。秋から冬に入ろうという今の時季、海パンなんて売ってるわけないだろう。オフシーズンにもほどがある。これを探すのもかなり苦労したんだぞ？」

「……でもスズハもユズリハさんも、バッチリ水着ですよね……？」

男性用の汎用海パンですら売ってないなら、女性用水着なんて買えないと思うんだけど。

なにしろサイズを合わせる必要がある。

しかも二人はどことは言わないが、既製品がなかなか厳しいサイズの持ち主なのだから。

どことは言わないけれども。

そんなぼくの疑問を、ユズリハさんが一言で解決した。

「我々の水着は、城を出るときに持ってきたからな！」

「……オフシーズンって自分で言ってましたよね……？」

「もちろんそうだが女騎士たるもの、いざという時の用意はいつも怠りなくしなくては！たとえばキミと急遽《きゅうきょ》冬の海を泳いで、愛の逃避行をすることになった時とか！」

どうだ偉いだろう、とドヤ顔をかますユズリハさんを取りあえず撫でておく。

そこまで機転が利《き》くのなら、ぼくの海パンも持ってきてくれても良かったんですよ？　まあいいけどさ。

「じゃあぼくは向こうで着替えてくるね」

ぼくが木陰のある方を指してそう言うと、

「いえ兄さん。誰もいませんし、ここで着替えてもいいのでは？」

「そうだぞキミ。パパッとやってしまえ」

「そういうことなら……」

そう言ってぼくが海パンを手に取っても、とっくに水着姿のスズハとユズリハさんは、なぜかガッツリとぼくを見たままで。

「えっと、後ろを向いてもらえないかと……？」

「気にしないでください兄さん。わたし、兄さんの全裸なんて昔はよく見てましたから。もう十年も前の話ですが」

「気にするなキミ。相棒であるキミの全裸など、わたしにとって見慣れたものだからな。もちろん妄想での話だが」

「いいから二人とも後ろを向いて⁉」

二人とも結局ぼくをガン見し続けたので、木陰までダッシュして着替えることになった。

＊

三人とも水着になったところで、今回の作戦を発表する。

「さて。軍船に限らず、およそ船ならば必ず持っているであろう致命的な弱点があります。スズハにはなんだか分かる？」

「……すみません。まだまだ勉強不足のようです」

スズハがしょぼんとうなだれた。仕方ない妹だなあ。

「答えはね、船底に穴が開くと沈むことだよ」

「そんなの分かるはずありませんよね⁉」

「まあキミの言うとおり、魔法で浮かんでない限りは沈むだろうな」

二人もぼくの意見に納得したところで。

「なのでこれから、三人で船底に穴を開けまくろうかと思います」

ちなみに出発時に水着の指示を忘れてたのは、単純に慌てていたから。

二人が半分バカンス気分で水着を持ってきていて、本当に助かった。

するとユズリハさんが難しい顔で、

「しかしキミ。ああいう軍船の船体は、往々にして金属で覆われているんだぞ？」

「その場合、金属ごとぶち抜けばいいのでは？」

「そんなことできるはず……いや、スズハくんの兄上に鍛え上げられた今のわたしなら、ひょっとして可能なのか……？」

「ユズリハさんなら楽勝でしょう」

ミスリルやオリハルコンならともかく、鉄や鉛ごときでユズリハさんの拳が止まるとはとても思えない。

「ちなみに勢い余って船体を粉砕してもオッケーです」

「それはキミ以外誰もやらないからな⁉」

そうかなあ。そんなことないと思うけど。

「じゃあとりあえず潜ってみましょうか」

「ううむ……納得できないような、革新的な戦法のような……」

案ずるより産むが易《やす》し。

なにかブツブツ言っているユズリハさんと、スズハを連れて海の中へ。

沖合まで潜って上を見上げると、何十隻も船が浮かんでいる。

ユズリハさんの言ったとおり、それらの船底はがっつり鉄で覆われていた。

目配せで意思疎通しながら、ぼくは一隻の船の底に張り付いて金属板を引っぺがした。

金属板と一体化した船底はメキメキと音を立てながら、すぐに修復不可能な大穴を穿《うが》つ。

それから沈没船の世界記録を樹立しそうな勢いでズンドコ沈んでいく船を見届けたあと、海面に顔を出して一言。

「まあこんな感じで」

「できるかんなこと⁉」

「ユズリハさんなら楽勝ですよ、それにスズハも。開ける穴は応急処置が難しいくらいの大きさならば別にいいですし」

「ていうか兄さん、周りの軍船のざわつきが凄いですね……？」

「そりゃあ仲間の船が一隻、何の前触れもなく沈んだからね。外洋の魔獣が現れたとでも思ってるんじゃないかな。ねえユズリハさん？」

「……ああそうだな……実体もそんなところだし……」

「じゃあ残りの船もちゃっちゃと沈めましょう。ただしツバキが暴れてる船があったら、それは後回しでいいかと」

「分かりました、兄さん」

「わたしも了解だ」

「じゃあ二人とも、そういうことで」


その後、三人で頑張った結果。

異大陸の軍船は、旗艦の一隻を残して沈没して。

大艦隊が満載してきた食料や弾薬などは、みんな海の藻屑《もくず》と消えたのだった。


——そんなわけで。

東の異大陸の、統一国家による襲来は。

こちら側に一人の犠牲者を出すこともなく、完全決着したのだった。

8

ぼくとスズハとユズリハさんは、海辺で膝を抱えて座っていた。

視界の先には、水平線の向こうに夕日が沈んでいって。

その手前には、沈んだ軍船に乗っていたもの凄い数の武士が海面に浮かんでいた。

「終わったねえ……」

「終わりましたね、兄さん……」

「……本当に終わったのか？　なんか納得いかないんだが……」

なぜかユズリハさんが首を捻っていた。

ぼくが声を掛けようとしたら、その前にスズハが聞いた。

「ユズリハさん、どうしたんです？」

「いや……あまりに一方的すぎる勝利なので、どうにも気持ちがな……」

「そんなの当然じゃないですか。だって兄さんですよ？」

「それはそうなんだが……なんか今回は敵を殴り飛ばしてないから、あんまり戦った気にならないというか、実感が湧かないというか……」

「そう言われればそうかもです」

スズハも納得しているが、ちょっと待って欲しい。

なんにせよ、直接の殴り合いなんて無いほうがいいんだからね？

軍船に穴を開けて勝てるなら、別にそれでいいじゃないか。

そういう意味では、敵と殴り合ってたのはツバキだけど――

「あ、兄さん。焼きとうもろこしの匂いがしますね」

「……屋台？」

「戦いの見物人目当ての屋台だろうな。よしキミ、三人で買いに行くか！」

「ああ、ぼくは遠慮します」

「では兄さんの分も買ってきますね！　さあユズリハさん、行きましょう！」

「え、それならわたしも残り……まてスズハくん、行くから引っ張らないでくれ！」

スズハとユズリハさんが街の中へと消えていった。

賑《にぎ》やかな場所はちょっと遠慮したい気分だったので、スズハの配慮はありがたかった。

そのままぼけっと大海原を眺めていると。

「……刀？」

水面《みなも》に浮かんだ刀が、こちらに流されてきていた。

でも流されてるにしては速いなとか、そもそも刀は水に浮かぶんだろうかと考えるうち
波打ち際《ぎわ》まで来て正体が判明した。

頭頂部に刀をくくりつけたツバキが、ここまで泳いで来たのだった。

できるだけ刀を濡《ぬ》らさないためなのだろう。たぶん。

「やあ、ツバキ。おかえり」

「……ただいまなのだ」

水着を用意していたスズハたちと違って、ツバキはあられもない格好で。

トレードマークの紋付羽織袴《もんつきはおりはかま》はズタボロで原形を留《とど》めておらず、胸元を押さえつけるサラシと袴の下に穿《は》いたパンツがほとんど丸見え状態だった。

「取りあえず向こう見てるから、海水を絞りなよ」

「分かったのだ」

「そうだ、屋台かどこかで着るもの買ってくるよ。だからここで待って――」

「別にいいのだ。……それよりも、おぬしに一緒にいてほしいのだ」

そう言われると弱い。

それに女性ものの服や下着はぼくが買いに行くよりも、スズハたちが帰ってからの方が助かるしね。

「……向こうの軍はどうなったの？」

「天帝は観念して切腹したのだ。拙《せつ》が介錯《かいしゃく》したのだ」

「そっか」

「なので、次の天帝はあの阿呆《あほう》が引き継ぐのだ」

「……それってもしかして、ツバキがいつか『三流のヘタレ間者』って言ってた人？」

「そうなのだ」

ツバキは愛刀を置いて消える前、阿呆の尻拭いをすると言っていた。

その阿呆とやらが、次の天帝になるということは。

少なくとも、ツバキの目的は無事果たしたということだろう。

「なんにせよ、ツバキが無事でよかったよ」

ぼくが心からそう言うと、なぜかツバキにジト目で睨《にら》まれて。

「……おぬし、もう少し加減というモノを知らないのだ？」

「え？　どゆこと？」

「どゆこと、じゃないのだ！　拙たちが戦ってたらいきなりドカーンって轟音《ごうおん》が響いて、そしたら軍船が沈みはじめてみんな滅茶苦茶《めちゃくちゃ》ビビってたのだ！」

「ぼくの不意打ち作戦は成功したみたいだね」

「不意打ちどころの騒ぎじゃないのだ！　大砲も見えないし魔獣も魔導師もいないのに、丈夫な軍船が次々にドンドコ沈んでいくとか滅茶苦茶ホラーなのだ！　あまりに怖すぎてみんな盛大にちびってたのだ！」

「まあまあ。そうやって脅しつける高度な頭脳作戦が今回のキモで――」

「史上最大に力業なのだ！　まったく、派手すぎるにもほどがあるのだ……」

そしてツバキがなぜか遠い目で、

「……天帝までたどり着いたとき、ヤツはもう髪の毛が真っ白になっていたのだ。拙らがなにか言う前に、もう切腹の覚悟を決めていたのだ。つまり天帝を切腹させた張本人は、ぶっちゃけおぬしなのだ」

「気のせいだよ」

「そんなわけあるかなのだ⁉」

ツバキの言葉を受け流しつつ、ぼくは見たこともない天帝の評価を内心でアップさせた。

人を殺してもいいヤツは、殺される覚悟のあるヤツだけ。そんな言葉がある。

それはもちろん戯言《たわごと》だけど、それでもぼくは負けた責任を取って自決するような人間を、それほど嫌いになれないのだった。

たとえそれが、自分の領地に戦争を仕掛けてきた張本人だとしても――

「……おぬしがいなければ、拙は……」

「うん？」

潔《いさぎよ》く散った異大陸の王に思いを馳《は》せていると、ツバキがぼくの袖をくいと引っ張る。

言いたい事がある、けれど言いにくい。そんな感じに見える。

夕日に照らされたツバキが、なぜか照れくさそうに袖を引いたまま下を向いていたけど、やがて顔を上げるとぼくを見つめて、

「おぬしには、命を救われたのだ」

「ぼくは刀を返しただけだよ」

「その返すタイミングが絶妙すぎるのだ。その上、妖刀は敵を斬って血を吸えば吸うほど拙の精気も吸い上げるはずなのに、今回は斬れば斬るほど拙が元気になったのだ。絶対におぬしの治癒魔法のせいなのだ」

つまりぼくの注いだ魔力のせいで、敵を斬った時の効果が反転したということか。

「へえ。そんな副作用があるなんてね」

「……今までの妖刀だったら、間違いなく途中で力尽きてたのだ。だから……」

「ツバキが完璧なタイミングで助けを呼んだから、だね」

重なった偶然を、ぼくのおかげと言うのはたやすい。

けれど戦場で、仲間が命を助け合うなんて当然のことで。

たまたまぼくが命を助けたとしても、それを重く感じてほしくなくて。

だからぼくは、敢《あ》えて軽い口調で言った。

さもそれが当然のことのように。

ツバキは最初ぽかんとしていたけれど、やがて納得がいったように相好を崩した。

「――まったく、おぬしには敵《かな》わないのだ」

「そう？」

「左遷されていつもは草むしりばかりしてるくせに、拙が一番ピンチの時に颯爽《さっそう》と現れて、命を助けてもそれが当然という顔でまるで恩に着せようとしない……おぬしはズルいのだ。普段とのギャップが激しすぎて、滅茶苦茶カッコよく見えてしまうのだ」

「ぼくが普段からカッコイイという説は？」

「絶対にありえないのだ」

断言された。……そんな力強く否定せんでも。

「でもさ、仲間を助けるのは当然だから」

「まったく、スズハやユズリハが羨ましくって仕方ないのだ……でも拙は、おぬしたちの仲間にはならないと決めたのだ」

「そうなの？」

「なぜなら拙は……一生をかけてでも、おぬしの強敵《ライバル》になってみせるから」

ツバキが真《ま》っ直《す》ぐにぼくを見る。

その瞳には、力強い意思が篭められていて。

だからぼくは、その言葉がこれ以上なく本気なのだと分かった。

「そっか。ならぼくもツバキも、もっと強くならないとね」

「精進するのだ……ところでおぬし、ちょっとかがんで欲しいのだ」

「なに？」

言われるがままに腰をかがめる。すると、

「んっ……」


いきなり頬にキスされた。


「……えっと、ツバキ？」

「……恥ずかしいけど仕方ないのだ。この大陸では、命を救われたなら接吻《せっぷん》で返すのだ。世間の常識なのだ……」

「どこで聞いたのさそれ⁉」

「兄様王《ターレンキング》伝説なのだ。なんでも英雄譚《たん》によると、兄様王《ターレンキング》に助けられた姫君は寝所で毎晩百回は接吻するのだ。凄《すご》くえっちなのだ」

「そんなことあるわけないよねえ⁉」

「……えっと、その……拙の初めての接吻だったのだ……？」

もじもじしながらツバキが上目遣いで眺めてくるが、それどころじゃない。

――ああ、なんということでしょう。

もはや虚構のレベルにまで滅茶苦茶に盛られまくった自分の英雄譚が、巡り巡った結果一人の少女のファーストキスに影響してしまったことに。

ぼくはしばらくの間、なんともいえない罪悪感を覚えることになるのだった。

9

東の統一国家との講和条約調印式は、ローエングリン城で行われた。

面倒だし王都でやってくれないかなと思ったぼくだけど、ぼくたちが船を沈めまくった港町は今のところローエングリン辺境伯領であること、それに王都では距離が遠すぎると言われれば断れる道理もない。

パーティーはあるけれど屋外で凱旋《がいせん》パレードみたいなのは無くしたということなので、まあ仕方ないかと思う。

調印式に出席した次の天帝に話を聞いて、さすがに驚いた。

なんでもその男性は前の天帝の実弟で、なんとぼくの辺境伯領の領都でバーテンダーをしていたのだとか。

「今だから言えますが、同郷の武士には三流ヘタレ間者だなんて呼ばれてましたね。あと阿呆とか」

「それくらいならいいじゃないですか。ぼくなんか学校の生徒に、左遷草むしり男なんて呼ばれてましたし」

「…………」

「…………」

「……ひょっとして、まさか左遷の人ですか⁉」

よくよく話を伺ってみると。

この実弟さん、ツバキからよくぼくの話を聞いていたらしい。

その人間が実は辺境伯だったので、滅茶苦茶ビックリしたのだとか。

そういえばツバキには、ぼくが辺境伯だってまだ言ってなかったような。

「——まあ、それでいろいろと腑《ふ》に落ちました」

「というと？」

「ツバキが足下にも及ばないような強者が、ゴロゴロしてるはずがないってことですよ。まったくアイツも人騒がせな……」

そうかなあ？　結構いくらでもいる気もするけど。

とはいえぼくも、そんな指摘をする気は無い。だって大人だもの。

「なにはともあれ、今回は本当に助かりましたよ。多大なるご迷惑こそおかけしましたが辺境伯のおかげで人的被害は最小限で済みました」

「ツバキが妖刀を持っていけば、もっと楽に決着が付いたんでしょうが」

「いえ、その場合は愚兄に逃げられていたという気もしますから——どちらかというと、ツバキには辺境伯殿のことをちゃんと紹介してくれなかった恨みはあります」

「あはは……」

「せっかくなので、このことはツバキには黙っておきましょう。その方が面白そうです。それに——」

「それに？」

「いつ気がつくか、興味が湧きませんか？」

バーテンさんがそう言ったので、ぼくも今後も黙っておくことにした。

東の異大陸には愉快な人が多そうだと思ったけれど偏見だろうか。

＊

調印式がつつがなく終わり、パーティーが始まるまでの時間。

ぼくがトイレ帰りの廊下を一人で歩いていると、柱の陰からにゅっと腕が出た。

誰かと思ったら、そこには最近見慣れた姿。

「ツバキ？」

何事かと思って立ち止まるとツバキがぼくに最敬礼して。

「今回は、おぬしのおかげで命が助かったのだ。本当に感謝してるのだ」

「いいよそんなこと。パーティーに出席するの？」

「うんにゃ。拙《せつ》は堅苦しいのは苦手だから、おぬしと話し終わったらドロンするのだ」

「う、羨ましい……ぼくも抜け出したい……」

「おぬしも、カッコイイ服を着ていると見違えるのだ。とても左遷男とは思えないのだ。でもぜんぜん似合ってないのだ」

そう言ってツバキが笑った。ぼくもそう思うよ。

まさかこれが辺境伯の正装だとは、夢にも思ってないんだろうな。

「まあ今回は、みんな無事で本当に良かったよ」

「……本当は、死にに行ったつもりだったのだ」

「ツバキ？」

「だから愛刀をおぬしに返したし、武士道とは死ぬことと見つけたり、そう思ってたのだ。でも死にそうになった時、おぬしのことが頭に浮かんだのだ」

「…………」

「初めて死にたくないって思ったのだ。今まで戦場でどれだけ斬り合っても、そんなこと一度も思ったことなかったのだ。でも今回は違ったのだ」

「…………」

「……おぬしに負けたままで死ぬなんて、絶対に嫌だって……」

「……そこだけ聞くと、ぼくは滅茶苦茶《めちゃくちゃ》恨まれてるみたいなんだけど？」

「そんなことない、おぬしはいいやつなのだ。それは拙が保証するのだ。でもそのことと、拙がいつか勝つことは別問題なのだ」

「そっか」

「話はそれだけなのだ。あとムラマサ・ブレードを返しに来たのだ」

「いいよ、ツバキが預かってて」

「しかし」

「その代わり一つだけ約束、どんな時でもその刀を手放さないでね。とくに今回みたいな、命がけの時には絶対」

「……承知したのだ。なにがあろうと絶対に守るのだ」

「よろしく」

本当なら、ここでぼくが辺境伯だなんてネタばらししたら面白そうだけど。

でもバーテンさんとの約束もあるし、今回のところは止《や》めておこう。

「じゃあぼく、そろそろ行くから」

「うむ。ではさらばなのだ」

そう言って立ち去るツバキの背中は、なんだかいつもより格好良く見えた。


パーティー会場に向かうと、すっかり準備が整っていた。

トーコさんやバーテンさんに続いて、ぼくも挨拶を求められたので、いつも通り適当に二人をベタ褒めすることにする。

とはいえ、今回のパーティーは出席者が少なくて大いに助かった。

なにしろ開催がいきなり決まった上に場所が辺境伯領とあって、ほとんどの貴族たちが出席できなかったのだ。

その分の穴埋めを東の大陸のお偉いさんやこの街の有力者たちがしてたりするけれど、こちらはまだずっと気楽で。

というわけで、今回くらいは料理をずっと食べてようかなとか考えていると。

「スズハ兄」

トーコさんが近寄ってきて、満面の笑みを浮かべる。

「トーコさんは、異大陸の人と交流した方がいいのでは……?」

「そんなの後でいくらでもするもん。実務協議は終わってないしね」

「そうでした」

「ていうかさ、ボクはふと気づいちゃったんだよね——スズハ兄が、また新たなる覇業を成し遂げたって!」

「はい……?」

本気で意味が分からない。

「んふふー。分かる?」

「いえさっぱり」

相手しないといつまでも絡《から》んできそうな雰囲気なので、しぶしぶ答えた。

するとトーコさんはニヤリと笑って、

「つまりね。それは」

「それは——?」

するとトーコさんが限界まで息を溜《た》めてから、

「スズハ兄は、今までもこの大陸で起きた脅威からみんなを救ってきたけどさ、とうとう大陸外からの脅威からもみんなを救ったんだよ！　いやー、スズハ兄の英雄っぷりってば留《とど》まるところを知らないね！」

……いや、そんなこと言われても。

「それって、たまたま相手が異大陸の人だっただけじゃ……？」

「だとしてもそんなの、この大陸の歴史上で初だよ！　異大陸から侵攻を受けて、それを見事に撃退したなんて！」

「それはそうかも知れませんけど……」

「しかもその異大陸からの侵攻だってさ！　スズハ兄がいなかったら、そもそも最初から起こらなかったんだから！」

「人聞きがとても悪い!?」

そこはせめて、ぼくのせいじゃなくオリハルコンのせいと言ってほしい。

「いやホント、ただの偶然ですから。なにも影響ないですから」

「ふふーん。すぐにスズハ兄、そんなこと言ってられなくなるよ？」

「どういう意味ですか……」

そのトーコさんのニヤニヤ笑いの意味が分かったのは、そのすぐ後のことだった。

パーティーも中盤に入り、ふたたび壇上に登ったバーテンさんは。

トーコさんと協議した結果、一つの褒賞を出すことに至ったと発表した。

「今回の両国の講和に際して、著しく貢献したローエングリン辺境伯の功績に報いたい。

だから――」

その後、とんでもないことを言った。

「東の大陸で初めて、異大陸出身の武将に任命し、領地を与えることにする――！」

その直後、大歓声が巻き起こるパーティー会場で。

ぼくはいつまでも、一人ぽかんと口を開けていたのだった。

――わけも分からないまま辺境伯領に指名されて、一年と少し。

どうやらぼくは、異大陸の領地まで手に入れたみたいです——⁉

エピローグ

辺境伯領の女騎士学園分校に、今日も元気な声がこだまする。

「草むしり男、いざ尋常に勝負なのだ！」

「ていうか、ツバキ……東の大陸に帰ったんじゃなかったの……？」

「おぬしを倒す前に帰ったら武士の名折れなのだ！」

「そうなんだ……で、今日はどうするの？」

「ふふん、余裕をぶちかましていられるのも今のうち……拙《せつ》はとうとう、新たな必殺技の開発に成功したのだ！」

「ええっ⁉」

「先生、お願いします！」

「うにゅ！」

ツバキが頭を下げると、その背後から出てきたのは幼女姿のうにゅ子だった。

スズハの兄に衝撃が走る。

「えええええっ！　まさかの人まかせ――？」

「違うのだ⁉　じゃあ先生、行きますなのだ！」

「うにゅー！」

どうするのかとスズハの兄が見ていると。

妖刀を抜いたツバキの刀身に、なんとうにゅ子が飛び乗ったのだ！

「さあ、拙の一撃を受けるがいいのだ！」

「え、そこからどうする気なの……ていうか痛くないの？」

「そこは気にしちゃダメなのだ！　いくぞ、ジェットストリームアタック――！」

「うにゅー！」

気合いとともに、ツバキが妖刀を一閃《いっせん》する。

すると当然ながら刀身に乗っかっていたうにゅ子が飛ばされて、スズハの兄へ向かって一直線に襲いかかる。

そして、うにゅ子の陰に隠れてツバキの妖刀が襲いかかる、二段構えの作戦――！

「ていっ」

ぺしいっ。

「うにゅーっ⁉」

空中戦の問題点は、攻撃を回避するのが著しく難しいこと。

うにゅ子もまた例外ではなく、あっけなく地面に叩《たた》き落とされて。

丸見えになったツバキの一撃も、スズハの兄に指二本で白刃取《しらはど》りされたのだった。

「はい残念でした」

「くっ……！　今日こそ上手《うま》くいくと思ったのに……！」

「いや、どうして上手くいくと思ったのかなあ……？」

ツバキが一撃を入れる日は、まだまだ遠そうである。

＊

今年は去年より寒くなるのが早い。

ならばコタツも早めに出しておくべきだろう、とスズハの兄が呟《つぶや》いた。

ちなみにコタツとは、魔石を燃料にした暖房器具である。

そんなスズハの兄の言葉を横で聞いていたツバキが、俄然《がぜん》色めき立つ。

「ミカンは⁉　ミカンは付いてくるのだ⁉」

「ミカンもセットで……あー、寮にもコタツを買わなくちゃねえ」

「お願いしますのだ‼」

コタツを人数分揃《そろ》えるのは、険しい山頂に建つ分校の立地を考えれば必要経費だろう。ミカンはまあサービスで。

そんなことを考えていると、スズハとユズリハがやって来て。

「兄さん、わたしはミカンよりもお肉が好きです！　具体的には兄さん特製カツ丼とか、チーズハンバーグとか！」

「なあキミ、肉もいいが冬こそ魚介類が美味《おい》しい季節なんだ。なにしろ冬を越すために、魚たちがたっぷり脂を蓄えるからな……！」

「……いや、なんで二人ともぼくの考えを読んでるのさ？」

「妹だからでしょうか」

「相棒なので当然だな」

「なにを言ってるのだ、この二人は……？」

ツバキに不思議そうな顔で聞かれるが、もちろんスズハの兄にも分からない。

実際は『寒いからコタツ』なんて安直な考え、誰でも読めるからだろうけど。

「……今日の晩ご飯は鱈《たら》ちりですよ。明日は蕎麦《そば》屋風カツ丼にしようか、スズハ」

「やりました！　さすがです兄さん！」

「鱈ちりか、いいな……！」

「せ、拙も食べたいのだ⁉」

「ツバキは寮母さんの作った晩ご飯があるでしょ」

それでも余りが出たら持っていってあげよう、と思うスズハの兄だった。

結果的にはいつも通り、スズハたちが全部食べ尽くすのだろうけれど。

今日は特に寒いなとスズハの兄が思っていたら、例年より早い雪が降ってきた。

辺境伯領は山の中。

王都にいたころよりずっと寒いはず。なのに。

「——そうか」

自分の目の前には、スズハがいて、ユズリハさんがいて、ツバキがいて。

すぐ下を見れば、地面にうにゅ子がぐてっと伸びていて。

校舎の窓からは、留学生たちと店員さんがこちらに手を振っていて。

城に戻れば、カナデやアヤノさんたちが待っていて。

だからこの冬は、今までで一番あったかいんだと思った。

あとがき

これは自慢じゃありませんが、わたくし作品に毎回全力投球するタイプでございます。

もうね、「あ、このネタ勿体《もったい》ないから次回以降に取っておこう」なんて一切無しでして。

毎回無理にでもネタをひねり出して、それを面白そうな順に採用していくというか。

……そして毎回こんなことをしていれば、当然ながら常にネタ切れになるわけで……

「——というわけで編集のMさん、今度はなにやりましょう？」

「学園モノとかどうですか」

「ほーん」

……そういえば、この作品を最初に書いたときも、異世界学園モノをやるつもりでした。

だってタイトルもそんな感じですし。

書いてるうちに方向性が変わった気がしましたが、プロの目は誤魔化せないようです。

「なるほど。やはり学園モノの香りが、作品の奥底から濃厚に感じられるわけですなあ」

「え？　この作品って学園モノだったんですか？」

「ショックですよ⁉」

というわけで、担当氏の裏切りに枕を濡《ぬ》らしながらも、頑張りましたよぼかぁ……！

でもおかげで、わたくしとしても良い感じに学園モノが書けたとニコニコ顔です。

そして月日が経《た》ち、原稿にもＯＫが出た後、担当氏から頂戴した一言。

「やっぱり学園モノじゃないですね」

「ぎゃふん⁉」

……学園モノへの道は、まだまだ険しいようです……！

読者の皆様に嬉《うれ》しいお知らせがございまして。
当作品のコミカライズが、この本が出る頃には連載が始まっているはずです。
掲載誌は月刊コミックアライブ、漫画家様は萩原《はぎわら》エミリオ先生。
一話のネームも拝見しましたが、アレなマッサージもバッチリしてました。完璧です。
マンガの方もぜひぜひ、小説ともどもよろしくお願いいたします！
――そして今回も、皆様のお力添えにより、この本を刊行することができました。
ウェブ版の読者の皆様、肌色可愛《かわい》いイラストの魔術師ことなたーしゃ様、編集のＭ様、
校正様や営業様、書店様をはじめとした、当作品に関わっていただいた全ての皆様。
そしてなにより、この本をお手にとっていただきました、読者のあなた様。
皆様に、心よりの感謝を申し上げます。

富士見ファンタジア文庫

妹《いもうと》が女騎士学園《おんなきしがくえん》に入学《にゅうがく》したらなぜか
救国《きゅうこく》の英雄《えいゆう》になりました。ぼくが。4

令和5年10月20日　初版発行

著者――ラマンおいどん

発行者――山下直久
発　行――株式会社KADOKAWA
〒102-8177
東京都千代田区富士見2-13-3
0570-002-301（ナビダイヤル）
印刷所――株式会社暁印刷
製本所――本間製本株式会社

※定価はカバーに表示してあります。
●お問い合わせ
https://www.kadokawa.co.jp/（「お問い合わせ」へお進みください）
※内容によっては、お答えできない場合があります。
※サポートは日本国内のみとさせていただきます。
※Japanese text only

ISBN978-4-04-075142-9 C0193 ◇◇◇

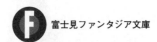

双星の
無名の青年が天下無双の大活躍！
彼の前世は、最強の英雄だ！
華流転生ソードファンタジー。

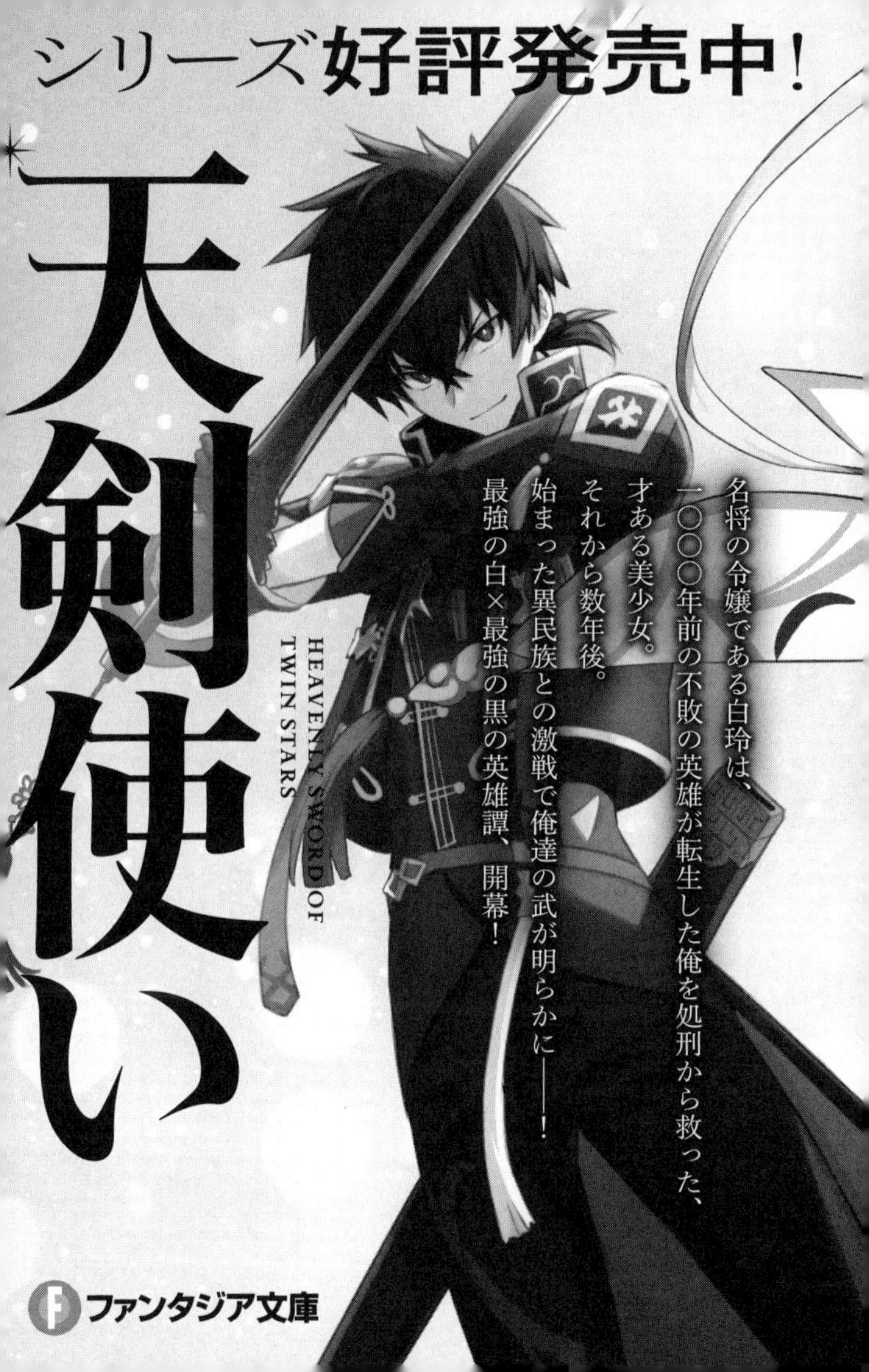
シリーズ好評発売中！
天剣使い
HEAVENLY SWORD OF TWIN STARS
名将の令嬢である白玲は、
一〇〇〇年前の不敗の英雄が転生した俺を処刑から救った、
才ある美少女。
それから数年後。
始まった異民族との激戦で俺達の武が明らかに――！
最強の白×最強の黒の英雄譚、開幕！
ファンタジア文庫

切り拓け！キミだけの王道
ファンタジア大賞
原稿募集中！
賞金
《大賞》300万円
《金賞》50万円
《銀賞》30万円
選考委員
細音啓 「キミと僕の最後の戦場、あるいは世界が始まる聖戦」
橘公司 「デート・ア・ライブ」
羊太郎 「ロクでなし魔術講師と禁忌教典《アカシックレコード》」
ファンタジア文庫編集長
前期締切 8月末日
後期締切 2月末日
公式サイトはこちら！ https://www.fantasiataisho.com/
イラスト／つなこ、猫鍋蒼、三嶋くろね